KB003028

저녁, 그 따뜻한 혀

문학들 시인선 011

전숙 시집

저녁, 그 따뜻한 혀

문학들

시인의 말

눈물 젖은 혀로
내 눈의 티를 핥아주고

오슬오슬 떠는 한 생의
햇발이 되어주던

부드럽고
따뜻한

그것은

나를 향해

한평생 60도를 유지한

어머니의 기울기였다.

—「어머니의 기울기」

2021년 11월
전숙

차례

꽃잎 1 슬픔이라는 육식 공룡

꽃잎 2 골목의 온도

꽃잎 3 사진 한 장의 무게

꽃잎 4 상처의 연대기

꽃잎 1

슬픔이라는 육식 공룡

저녁, 그 따뜻한 혀

폭풍우 지나간 폐허에 서서
누군가 말한다
생은 바람을 겪어내는 일이라고

저녁이 살금살금 기어오고 있다. 마중 나온 굴뚝 연기는 뒷짐 지고 서성이고 노을은 늘어지게 하품하는 하루를 핥는다. 뉘엿뉘엿 저물어가는 일상이 굽은 허리를 펴는 언저리에 저녁의 혀가 태어난다.

저녁을 안아주고 싶다고 생각한 적 있다
바람에 시달린 저녁이 집으로 돌아가는 길목
꽃 지는 목련나무는 모락모락 밥 냄새를 피우고
어느새 뭉클한 만복이 온몸에 퍼진다

저녁을 품기 위해 어둠은 넓어진다
어둠 침대에 하루치의 바람을 내려놓는 길고양이

관절 펴는 소리
낮아지는 숨소리

하루를 소화시키는 되새김질 소리
바람을 재우는 저녁의 소리는 혀처럼 부드럽다
하루를 쓸어주고 핥아준다

저녁의 형용사는 혀라고 달의 분화구에 새겨본다
달빛이 쑥 내민 혀로
폭풍에 휩쓸린 길고양이를 핥고 있다.

몸의 혀

내 눈의 티끌을 핥아주던 어머니
말랑말랑한 은총으로 우주를 키우지
혀는 나의 영원한 지존
아플 때마다 찾는 약손이지
안으로부터 길어 나오는 화로 같은 온기
그 따뜻함의 근원은 온유한 눈빛의 심장
안단테 리듬을 타고 레가토로 어루만지지
혀가 도착하면 상처는 왈츠처럼 치유되지

자전거에 넘어진 무르팍에 유리 파편이 박혔다. 10년 후에 무르팍이 울었다. 달래려고 들여다보니 작은 유리 파편이 피부를 뚫고 있었다. 수조 개의 세포가 유리 파편을 밀어내려고 길을 만들었을 것이다. 날선 폭력이 연한 살을 도륙 낼 줄 알았으므로 혀를 방패 삼아 순례의 길을 걸었을 것이다. 보이지 않는 몸의 혀가 말랑말랑한 은총으로 유리를 밀어냈을 것이다.

눈물탑은 무너지지 않는다

좀들이 같은 기도의 시간이 그렁그렁 쌓여야 눈물탑이 세워진다. 눈물탑의 접착제는 정성이다. 정성은 정화수의 투명도에 좌우된다. 정성은 남이 버린 화분을 키우는 사소한 것에서 발아된다. 눈물탑을 올리는 정성으로 눈물의 대상도 탑이 된다. 그것은 정성이 지극하면 동지섣달에도 꽃이 핀다는 속담의 몸내림 같은 것.

쌀을 씻으며 쌀뉘를 고르듯
빨래를 하며 때를 문지르듯
끼니를 거르며 삯일을 버티듯

밤늦도록 공부를 하는 내 옆에서 꾸벅거리며 바느질하던 어머니의 눈물탑은 돌탑처럼 나를 쌓아올렸다.

나는 아스라한 높이에서도 차마 뛰어내리지 못했다. 꽃샘추위에 그만 포기하고 싶을 때도 어머니의 눈물이 나를 받쳐주었다.

봄을 사모하던 어머니가 목련의 온도로 나를 쌓았던 눈물탑, 그 뜨거운 우듬지에서 나는 비로소 꽃이 되었다.

슬픔이라는 육식 공룡

내 몸에 슬픔이라는 공룡 한 마리 산다
슬픔의 크기와 무게로 나를 짓누른다
그것은 티라노사우루스처럼 거대하게 부풀어 오르고
이빨은 육식의 식성에 맞춰 비수처럼 날카롭다
슬픔은 야행성이다
야행성의 눈빛은 칠흑일수록 찬란하다
어둠이 깔리면 여의주처럼 빛나는 공룡의 눈동자
골방에 웅크린 심장을
물어뜯고 할퀴고 살을 발라내
짐승의 본능으로 내 영혼을 해체한다
공룡에게 내 심장은 욕망을 배 불리는 사냥감일 뿐이다

생은 끊임없이 달려드는
슬픔이라는 육식 공룡에 맞서는 일
포식자의 탐식에 밤새 시달린 아침
캄캄한 목구멍에서 해가 떠올랐다
애기메꽃이 꽃잎을 열고
슬픔의 암전 속으로 햇살이 스며들었다
부풀어 올랐던 슬픔이 풍선처럼 쪼그라들고

몸의 혀가 말라붙은 공룡을 밀어냈다
복원된 심장이 햇살 속으로 걸어 들어갔다.

타는 입술로 문질러주었다

'살아냈다'는 동사의 무게에 등지느러미가 깊게 휘었다

노을이 엉덩이를 토닥여주었다
꽃들이 숭얼숭얼 피어도
뒤란에 버려진 물고기는 쉰내가 풀풀거렸다
시간의 주름 틈새로 뭉그러진 지느러미가 떠올랐다

사막의 은하수는 반짝이는 것만으로도 물고기가 되었다. 모래알 하나를 들어올리는 힘으로 꽃을 피우는 일이 얼마나 고단한 발품인지 노을은 알아도 모른 척했다. 때로 어둠이 꽃잎을 지우면 반듯하게 드러눕지 못하는 비늘이 뒤척였다.

허리는 기울어지고 꽃잎이 사금 들고 있었다
무심코 물고기에게 던진 술잔이 쨍그랑 비늘을 털었다
바람이 불어오고 상처가 뒹굴었다
물고기 무덤에 도착한 노을이 졸고 있었다

생의 뒤란에 무엇이 기다릴지 물고기는 알지 못했다

다만 생보다 붉은 그 무엇이

한평생 구부러진 등지느러미를
타는 입술로 문질러주리라는 것을
알지 못해도 알았다

사금 든 꽃잎들이 은하수 비늘처럼 반짝였다.

꽃의 여정

우주가 가려울 때부터 내 알아봤지. 목구멍에서 스멀대는 아지랑이라니, 삽살개는 짖어대고 하늘은 엉덩이 들썩이는데 하릴없는 노을이 꽃구경 말고 무슨 밥 얻어먹을 짓을 하겠어?

유모차 둥글게 밀고 저승꽃 피워 올린 꽃대가 절룩이며 꽃친구 만나러 간다. 고개 쳐들면 허공에 벚꽃 웅장하고 고개 숙이면 땅바닥에 민들레 소담하다.

자글자글 밭고랑에 저물어가는 저승꽃
벚꽃에 빙의되었다가 민들레로 스며든다

꽃이 피고 지는 암전
그 캄캄한 간극에 비밀의 열쇠 꽂힌다
무대 밖으로 밀려나오는 상처…

박색의 여정에 꽃잎, 꽃씨 흩날린다

인물 타박하는 거 아니여

꽃들은 손톱이 빠지도록 향기를 짓는 겨

한센병에 걸린 후
죽을 때까지 거울 한 번 안 봤다는
그 징글징글 애잔한 꽃사슴처럼 눈물 난다

꽃샘바람에 하늘은 구름을 여미고
삽살개는 짖어대는데
꽃들은 엉덩이 들썩인다.

나이테 할아버지

절단된 생이 자서전을 펼친다
무성했던 계절이 가부좌를 틀고 있다
나이테는 한때 우주를 유영했다는 기억
또박또박 침 발라가며 빅뱅을 꿈꾸던
유년의 핵이 항성처럼 중심을 잡고 있다
한해로 타던 여름과 귀향하지 못했던 추석이
궤도를 이탈하고 있다

방랑 끝에 웅송그린 새카만 송곳니
건널 때마다 시큰한데
태풍에 찌그러진 시간은 적막강산
생의 농도는 간격이라는 문장으로 적힌다
간격을 손끝으로 더듬으면
촘촘할수록 큰 소금 알갱이가 서걱거린다
슬픔이 깊을수록 틈새를 좁혔을 것이다
무릎을 동그랗게 그러안고 견뎠을 것이다

한솥밥을 먹던 행성들
식구가 되어 태양계를 꾸려 나갔다

팔이 부러진 옹이는
이웃들이 한 품씩 내어 상처를 덮어주었다
갈맷빛 스러지고 할아버지가 된 적색 거성
귀 떨어진 나무 접시로 앉아
한때 도반이었던 햇살과 바람의 이야기를
꼬마 땅콩에게 도란도란 들려주고 있다.

웃으면 꽃이 된다

– 단체사진

옹기종기 봄날의 오름들이 모였다
웃으면 무엇이든 꽃이 된다

퐁. 퐁. 퐁. 물수제비 같은 인연이 포즈를 취한다.

단체 사진은 동시 배경이고 동시 주역이다
햇살이 오름의 어깨에 다정하게 내려앉는다

아차, 민들레가 빠졌네
저기 온다
이리 들어와
어깨를 좁히는 미소들이 동심원처럼 퍼져나간다

수선화는 까치발로 곧추서고 목련은 무릎을 굽힌다
어깨선을 맞추며 흘러가는 팔부 능선이다
합창대들이 이음표를 노래하듯 수릇하다
하트를 그리는 눈길들, 따로 함께 빛나는 은하수다.
추억을 건너는 한 호흡이다
맛있게 비벼진 무지개 비빔밥이다

쏘아올린 별빛들이 동시다발 과녁을 맞춘다
김치~에 봄날의 입초리 올라간다
어정쩡한 불편함도 찰칵 김치~로 박제된다
눈꼬리 잔물결이 일등성처럼 반짝인다
생의 순갈질에 잘 버무려진 봄날이다.

싸리꽃엄마

서럽게도 붉은 뒷산에 싸리꽃 옴팡지게 흐드러진 윤칠월, 초년과부의 하루는 싸리비를 묶어도 묶어도 저물지 않았다. 문설주에 기대어 새벽이슬에 젖던 싸리꽃은 어스름한 윗방죽에 가슴의 문장을 풀어헤쳤다.

해가 뜨면 윤슬처럼 반짝이고 싶었던 엄마

물새 떼는 햇살을 물고 싸리 숲으로 날아가 버렸다. 윤슬이 사라진 여름은 해진 무명적삼에 얼음이 사각거렸다. 벼랑 끝에 선 엄마는 생의 옷고름이 풀린 줄도 몰랐다.

종일 싸리비를 묶던 엄마의 손바닥은 가시랭이 밭고랑 같았다

이모의 실크원피스를 쓸어보다가
엄마 팔자 같은 긴 흠집이 나던 날 새벽
악물고 견디던 풍경이 무너져 내렸다

꽃잎을 안듯이 바람이 낮게 불었다

장날이면 싸리비 뭉치를 이고 안개 자욱한 삼십 리를 걸어간 엄마의 머리는 딱지가 내려앉았다. 말라붙은 딱지는 씨앗처럼 단단해졌다.

그 씨앗, 엄마의 정수리에 뿌리 내려
싸리꽃 붉은 어느 새벽
엄마는 한 그루 싸리나무가 되었다.

신발이 신神이다

요양병원 침대에 누워서도 신발을 벗지 못하는 치매 엄마

허리끈 질끈 동여매고 바람처럼 오가던 길이 이십이문 치수처럼 새겨져 있는… 그 신발 잃으면 집으로 가는 길도 잊을 것만 같아서… 신을 벗기면 불같이 화를 내며 신발을 신神처럼 끌어안는다.

언능 집에 가서 새끼들 밥해 먹여야지
먼지 수북한 시간에 멈춰선 괘종시계
이빨 빠진 기억의 틈새로 스러지는 저녁 햇귀
치매의 어둠이 밀려온다
어둠 속에서도 이글거리는 어미라는 햇귀
자식들에게는 언제나 대낮이었던 저 햇귀

침 묻힌 몽당연필 같은 어둠과 샅바를 잡는다. 찰나… 풀린 근육들, 대낮처럼 팽팽해진다. 마른 가슴에 침이 고이고 주섬주섬 봇짐을 챙긴다. 봇짐에는 옆 침대 환자 딸이 나눠준 사탕 세 개와 두유 1팩이 혼수로 받은 은 쌍가락지처럼 묶여 있다.

노랗게 입 벌린 참새 새끼들
짹짹거리는 소리
귀먹은 귀에 환하다.

회초리

아버지는 내가 잘못을 저지를 때마다 시누대 회초리로 종아리를 때리셨다.

활화산처럼 쏟아지는 매질에 통증은 붉은 용암처럼 끓어올랐다. 울다 잠든 내 장딴지에 아버지는 안티푸라민을 발라주셨다.

활화산은 제 심장이 타올라야 비로소 용암을 쏟아낸다. 아버지의 심장이 바닥까지 타들어가 온몸이 화상을 입고서야 회초리를 드셨다는 것을 나는 내가 부모가 된 뒤에야 깨달았다.

작은 장딴지에 굳은 용암을 보고 아버지는 여진의 화상으로 더 아리셨으리라. 나는 내 아픔만 커서 아버지 가슴의 화상을 보지 못했다.

이제는 활활 타던 불길이 잦아든 아버지, 사화산에 부러진 회초리로 누워 내가 아무리 큰 잘못을 저질러도 낭창낭창 찰진 회초리질 못 하신다. 그러나 그때의 매운 회초리

자국, 유년의 종아리에 활화산처럼 눈 부릅뜨고 내 잘못을
회초리질 하고 있다.

바람의 당부

가슴에는 세상의 염려가 봉투처럼 담겨 있다

바람은 온몸이 가슴이다
꽃가루부터 온갖 심부름을 다 한다
펄럭이는 쪽지 편지에
실낱의 당부를 적어 실핏줄까지 전한다

느지막한 봄날에
송홧가루도 바람을 타고
밥 먹어라
밥 먹어라
세상을 먹인다

사월에 부는 바람엔
세상의 씨앗을 향해
당부와 걱정과 희망이 실려 있어
눈물이 사락거린다

걱정과 당부가 눈물의 질료다

민들레 풀씨를 업고 가는
바람의 가슴엔 어미의 강이 흐른다.

촉수의 시간

90을 넘기면 산에 있으나 집에 있으나 똑같다고?

90을 모르는 풋것들 소리에
90 고목 단단히 뿔났다
모든 구멍이 기능을 잃어
눈멀고 귀먹어
출입구가 닫혀버린 고목

죽은 혈관을 딛고 새 혈관이 꽃을 피우듯
비상구 같은 촉수가 길어난다
촉수의 기능은 정보를 타전하는 일

요양병원 94세 노을댁
TV를 등 뒤에 배치한 이유를 여쭙는데
"그거야 바람 드나드는 것 볼라고 그라제
온돌 같은 바람이 그중 제일이여."

침대를 집게처럼 지고 사는 노을댁
침대 다리에 아득한 실뿌리가 감겨 있다

90은 내공 축적의 시간
흡인력으로 벌 나비를 끌어들인다
방향타는 사시사철 문을 향하고
촉수가 문지방의 계절을 핥는다

문 너머 펼쳐지는 모든 지형도엔
고목이 호명한
"칼바람, 먹구름, 햇살, 치매바위, 방앗간참새"
명찰이 붙어 있다.

늘어진 가슴이 되는 동안

바람의 길을 막아서던 탱탱한 바람벽

생의 몽둥이에 두들겨 맞아
여기저기 구멍 나고
구멍마다 멍이 들고

생의 칼날에
쪼개진 어금니마저
삭아내려

식칼로 내리쳐도

바람 든 봄무처럼
비명을 못 지르는지
안 지르는지

부딪히는 무엇에나

오냐오냐,

주억거리는

늘어진 가슴이 되는 동안.

갓 쪄낸 달빛처럼

버스 막차에서 내린 귀밑머리 희끗한 여인네
등짐이 묵직하다
정류장에 막 도착한,
자전거를 세우는 초로의 남자가 보인다
반가움이 봄밤 공기를 흔든다
보이지 않는 미소에 처마 끝 거미줄이 출렁인다

등짐 받아 자전거에 싣고
어깨선 나란히 걷는다
들리지 않는 도란거림
쇼윈도 불빛이 반짝인다
벚꽃이 날아 내리며 자전거를 기웃거린다

괜히 귀를 기울인다
갈 길도 틀린데 무담시 따라 간다

꽃잎에 업혀
부부의 잔등에 포갠다… 기댄다…

바람의 붓질에 행인이 덧그려진다

갓 쪄낸 달빛처럼 포실한 봄밤.

사랑의 자전축

사랑의 자전축은
상대를 향해
60도쯤 기울어 있다

60도는
상대의 마음을
가장 잘 들여다볼 수 있는
기울기

그러므로
그러므로

사랑의 기울기는 60도.

난생처음, 시

오늘 아침 방울꽃이 피었다

난생처음

나에게 온 꽃이다

꽃에게 나도 난생처음일 것이다

우리는 그렇게

서로에게 시가 되었다.

꽃잎 2

골목의 온도

노을에 데워지는

우사 시렁에 짚 다발이 얹혀 있다

참새는 날아올라 운 좋은 낟알을 까먹고

뿌사리는 여물을 우적우적 씹어 먹고

마당에서는 암탉과 병아리들이

날갯짓에 떨어지는 볍씨를 쪼아먹고 있다

천국을 바라보며

노을에 데워지는 농부의 등허리

입꼬리가 올라간다.

골목의 온도

마음의 고도가 낮은 골목은
주변보다 온도가 높다
골목에 들어서면
내복 입은 것처럼 따뜻해지는 이유

골목을 보호하기 위해
갈비뼈처럼 가슴 맞댄 대문들
생의 갈비뼈 사이사이 골목이 숨어 있다
갈비뼈의 본능은 보호라는 절대 순종의 의지
그 아늑한 골목에 쭈그려 앉아 골목을 쬔다

골목을 안마하듯 살피는 하현달
어릴 적 따라하던 옆집 언니처럼 웃는데
습관처럼 낡은 입초리가 올라간다
웃음이 대문 틈새로 스며들면
가로등 귓바퀴가 웃음의 진원지를 수집한다

초저녁 달빛이 골목을 안아 올리면
은목서 향기는 가로등 불빛을 타고 떠도는데

아득한 무엇을 그리며 빙그르르 도는 골목
회전무대처럼 누구라도 주인공이 되는 시간
'나 좀 봐줘' 목마르게 외치지 않아도
서로가 서로에게 기대는 지체다

실금 간 시멘트 담장 아래
누렇게 뜬 바랭이 틈새로 개망초
때늦은 꽃망울을 밀어 올린다
그때 바랭이가 슬쩍 어깨를 좁히는 걸
건들바람이 언뜻 바라보는 저녁참

광장 같은 삼두박근 하나 차지하지 못하고
속살까지 환히 비치는 근막 한 겹으로
서로의 온기를 쬐며
자의든 타의든 비워낸 그 무엇
빼앗겼다고 억울한 그 무엇이
실은 중력을 덜어낸 공空이었을까
가벼워진 것들에게서 날개가 돋는 법
이슥한 밤이면 골목은 달빛을 물고 날아오른다

아무도 말하지 않아도
모두가 알고 있는 비밀을 공유한
골목은 마이너들의 안락한 거처
꽁초만 남은 탄식도 솜이불처럼 포근해진다
내 집처럼 내다보이는 마당들
들여다보면 한 이불 덮은 식구들 같다
생일날이나 제삿날 아침은 대나무 평상에 둘러앉아
골목은 한식구가 된다

관심은 늘 온대성이다
온화한 기온 덕분에
대문마다 관심의 넝쿨이 자라고
넝쿨마다 귀가 열리고 눈이 달린다
손바닥처럼 작아 손금처럼 환한
골목에서는 경계의 가시가 사라진다
그곳에서는 쌀강아지도 공동소유
넝쿨이 강아지 꼬리처럼 흔들린다

넝쿨의 길이만큼 마음이 넘나들고
마음의 기울기만큼 온도가 올라간다

관심은 엿보는 게 아니라 살피는 거라고
참새의 깃털을 살피는 저물녘
새끼새의 부리 같은 넝쿨이 걸음마를 시작한다

누군가 그윽한 눈빛으로 지켜주는
갈비뼈 사이사이 작고 후미진
우리 모두의 가슴뼈로 향하는 그 골목
동그랗게 오므린 가을 햇살이
한기에 떠는 낙엽을 호호 데우고 있다.

썰물이 밀려난 바닷가

설거지를 한다
수저 한 벌, 포크 한 개, 컵 한 개,
밥공기도 하나, 국그릇도 하나
함께 씻던 시간이 사라져버렸다
설거지통에 가라앉은 해체된 시간
바닥을 훑자
초점을 잃은 마음이 부유물처럼 떠돌았다
둘이었다가
다시 하나로 되돌아가는 것
그것은 썰물이 밀려난 바닷가
갯벌에 드러난 갈비뼈를 바람이 헤집고 다녔다
손에 잡히지 않는 없는 하나
가장 가까웠으나 이제는 닿을 수 없는 거리
그것을 메우는 것은 슬픔의 갯벌
녹슬어가는 시간이 푹푹 빠지는 수렁이었다

슬픔을 닦아서 찬장에 엎었다
남겨진 추억이 엎어져 울고 있었다.

식지 않는 밥

나주벌이라는 말만 들어도 눈물겨운 시절 있었다. 아흔 아홉 골 산골짜기가 친정이던 엄마는 잡곡도 귀해서 시래기죽으로 끼니를 때웠다.

엄마는 시래기죽이 밥인 줄 알았다. 고모할머니 주선으로 나주벌로 시집온 엄마는 넓은 들녘만 보아도 배가 불렀다. 난생처음 죽이 아닌 밥을 먹은 엄마는 설사를 일주일이나 했다.

굶고 사는 사람들을 위해 엄마는 밥을 소쿠리에 담아두었다
행상이나 동네 사람이나 엄마 눈에 밟히면 밥을 먹고 가야 했다
소문이 나서 허기진 사람들이 우리 집에 와서 밥을 먹었다

치매에 걸린 엄마는 소싯적처럼 밥을 해서 소쿠리에 담아두기 시작했다. 이제는 아무도 밥을 먹으러 오지 않으니 식고 딱딱해진 밥은 식구들 차지가 되었다. 소쿠리에 박힌

엄마의 눈물을 남김없이 뜯어먹은 나는 밤마다 엄마의 소원처럼 배가 불렀다.

밥은 엄마를 끌고 가는 보습이었다
밥 먹이는 일로 시작된 엄마의 농사는
엄마가 밭으로 돌아감으로써
비로소 식지 않는 밥이 되었다.

꼭지의 시간
— 영산강에게

흘러간다는 것은 꼭지가 되는 일
강변에서 젖을 빠는 오목한 조둥이들
자식 같은 논배미에 선 어머니는
나락을 쪼는 참새들을 한사코 쫓지 않으셨다
조둥이가 있는 것들은
어머니에게 샛노란 조둥이를 벌렸다
조둥이는 다 귀한 것이란다
제 몸 먹이려고 애쓰는 게 얼마나 예쁘냐

남실거리는 새참막걸리에 목축인 하늘도 금세 꼭지를 내어 소낙비를 퍼붓는다. 팔월나락은 저녁상 차려놓고 자식 기다리는 어머니처럼 오지다. 두물머리에 마음을 포갠 어머니가 꼭지를 불리는 계절이면 배나무에도 찰랑찰랑 단물이 고인다.

어머니 가슴을 더듬는 한가위 달, 이불 차고 새근거리는 어둑새벽, 길섶에 떨어진 눈물 한 방울에도 꼭지를 여는 다디단 젖줄에 쌀강아지 조둥이가 꽃처럼 피어난다.

저 예쁜 조둥이를 물리느라 피딱지 내려앉은 아린 꼭지도 어머니는 눈물로 버텼다.

명옥헌* 피에타

삼복더위에
열화를 풀겠다고 작정한 듯
여름이 폭발한다

온몸이 타오르는
그 열기에

누구라도 델까 봐

맨몸으로 여름의 파편을 다 받아낸
명옥헌 백일홍

생살에 박힌 파편이 꽃으로 핀다

숭얼숭얼 상처가 피어 있다
옥처럼 울먹이는 백일홍의 상처
백일을 울어야 상처가 나을 것이다

꽃나무 성인을

호수 성모가 끌어안고 있다.

* 담양군 고서면의 정자.

마음이 체할 때

감정의 바다에 빠져 허우적대는 것은
마음이 체한 것이다

우울의 짠물을 들이켜고
분노의 태풍과 해일에 휩쓸려
슬픔의 헛구역질이 반복되면
감정의 뿌리는 표류된 채 말라가고
심장 한복판에 똬리를 튼
열화의 저기압은 아무거나 박살냈다

상승 기류를 탄 불안정한 감정이
쏟아져 내리는 폭풍우에 익사 직전
감정의 손발이 요동을 쳤다

허우적대는 건 필사적인 생의 공식
핵구름처럼 폭발하는 토네이도가
심장을 휩쓸고 지나갔다

쓸려간 생의 해안에는

정체되었던 감정의 찌꺼기들이
쓰레기처럼 나뒹굴고 있었다.

무월*에서

첩첩한 달빛과
눈 맞추고 귀 맞추어

사랑이라는,
그 가늠할 수 없는 우주가 열리면

대숲도 귀가 열려
하르르하르르 돌담과 속닥이지

등줄기 서늘할 때
무작정 달려가
세상에서 가장 부드러운 손길에
등을 맡기면
고향집 구들처럼 훈김이 돌지

허기진 마음을 쩍쩍 벌리면
사랑이라는 먹이가 쑥쑥 들어오는
무월이라는 예쁜 마음.

* 담양의 마을 이름.

세발자전거와 햇살

세발자전거가 손을 잡고 굴러갑니다
커다란 앞바퀴는 일본인 엄마입니다
작은 뒷바퀴 하나는 아홉 살 오빠입니다
작은 뒷바퀴 또 하나는 네 살배기 여동생입니다
세 바퀴가 핥아먹는 아이스바
웃음처럼 녹아내립니다

노총각이던 아빠는 일본인 엄마를 사랑해서
두 아기 바퀴를 낳았습니다
네 바퀴로 행복하던 훈이네는
비 오는 저물녘에 교통사고가 났습니다
운전하던 아빠 바퀴는 천사가 되었습니다

이제 훈이네는 세 바퀴뿐입니다
엄마가 앞에서 힘차게 굴리면
두 개의 아기 바퀴는 저절로 굴러갑니다

바람 소리 씽씽 우렁찹니다
세발자전거 뒤에서

으샤으샤 밀어주기 때문입니다
햇살이 뻘뻘 땀을 흘립니다
한 발 앞서서
엄마 바퀴를 끌어주기 때문입니다

아빠 천사는 바람이 되었다가,
햇살이 되었다가,
내리막길에서는 브레이크가 됩니다
세발자전거가 식구처럼 굴러갑니다
골목길이 손을 잡고 굴러갑니다.

흔들린다는 것

연인의 그림자가 흔들린다
어떤 바람에도 흔들리지 않겠다는 듯
팔짱을 끼고 걷는 어린 연인아
흔들리는 억새의 뿌리를 보아라

흔들릴 때마다 단단해지는 억새
그것은 지켜낼 자식이 있는 어미의 눈물

새들은 어둠을 향해 꽂히고
코스모스는 심호흡으로 노을을 바라본다
가슴 한쪽이 찌그러진
14일달,
차오르는 시간을 기다리는 중이다

모든 게 때가 있단다
귀엣말처럼 달이 입을 달싹인다

흔들릴수록 굵어지는 실뿌리를 뻗으며
돌아올 자식을 기다리는 어미처럼

어떤 바람도 겪어내려면 흔들려야 한다.

화요일 오후 세 시쯤

어둠뿐인 잔물결을
새벽햇살처럼 반짝이게 해준 적 있는가

목줄 타는 사막에게
펄떡거리는 단지혈을 먹여 보았는가

마음 붙일 데 없는 화요일 오후 세 시쯤
애먼 바람에게 분탕질당해도
그래 그래 네 말이 맞다
막무가내로 편들어준 그런 바람벽인가

궂은날이면 주름투성이 강물에게
물수제비 떠먹여준 적 있는가

천년을 겪어내는 바위로 서서
가슴을 두드리는 빗방울에게
실눈으로 웃어주었는가

바람은 거꾸로 불고

생의 화살표는 반대쪽을 가리켜도

마음이 허기진 풀꽃에게
남실남실 고봉으로 사랑을 퍼준 적 있는가.

물의 뿌리

수문이 열리자 막다른 물이 빠져나갔다. 촘촘했던 생의 그물엔 한 방울의 연민도 남아 있지 않았다. 저수지는 가슴 바닥까지 쓸려나갔다. 물결이 찰랑거릴 때마다 물의 뿌리가 뻗어나갔던 것일까? 생살이 파인 시간은 위궤양처럼 욱신거렸다. 물이 말라버리자 저수지는 깨진 항아리 같았다. 다시는 무엇도 채울 수 없는 저수지에 비는 내리지 않았다. 저수지는 물의 체취를 찾아 떠돌았다. 그것은 눈물을 꿰어 슬픔의 베를 짜는 일.

몸이 비명을 질렀다
기억은 스스로 비수였다

밤새 폭풍우가 불었다, 남편과 나를 향한 비바람은 필사적이었다. 몸부림치던 연리지가 기어이 부러졌다. 순간 실뿌리의 존재조차 인식하지 못했던 날들이 폐지처럼 구겨졌다. 남겨진 시간의 허무를 건너면 가슴에 부는 모래바람, 저수지는 사막의 길을 걸었다.

우리는 서로에게 포란의 온도였을까

서로를 꽃피울 대지였을까

기울어진 시간이 걸음을 절었다
다시는 돌아가지 못할 시침과 분침이 거꾸로 돌았다
무심한 달빛이 머리카락을 쓸었다
검은지빠귀가 부러진 한쪽 날개를 떨구었다.

그리움의 빙벽

그리움은 껍질이 깨지면 얼어붙고 만다. 경계가 사라진 그리움은 기억의 가시랭이만 스쳐도 추억의 눈발이 날렸다. 눈물 고랑에 크레바스가 생겨났다. 크레바스에 낀 자명고는 울음소리가 멈추지 않았다.

기억이 소환되면 폭설이 올 징후다
같이 찍은 사진 한 장에
같이 본 영화 한 편에
같이 들은 노래 한 곡이 눈구름의 씨앗이 된다

얼어붙은 기억을 시간차로 슬라이스하면
바닥까지 저며진 그리움에 핏물이 스며
빙벽은 붉은빛을 띠었다
허리를 굽히고
붉은 빙벽을 들여다보는 일은
어둠이 낮을 잡아먹는 것만큼이나 잔혹하다

이 밤이 새도록 폭설에 파묻혀
한 동이의 얼음을 얼려야

"새야, 새야"를 부르던 어머니처럼
청포 장수를 떠나보낼 수 있을 것이다.

달빛 한 줄기

– 지렁이에게

땅속에
달빛 한 줄기
기어간다

스스로 어둠인
길

출렁이며

침묵을
내딛을 때마다

이웃들의
숨길이 되고
빛이 되는

달빛 한 줄기…

소각장에서

엉긴 것들이 무더기로 뒹군다
굴러온 시간들이 소각장 앞에 줄 서 있다
뒤틀리거나 슬픔에 겨운
끈들은 각자의 위치에서 끈기가 다르다

관계의 각도가 예각이거나 직각이거나
냉골이거나 온돌이거나
화를 내거나 말거나
더 이상 엉길 게 없을 때 소각되는 끈들

전화번호를 삭제하고
그동안 울타리를 넘나들던 넝쿨장미 같은
메시지를 태우는 동안
어디선가 강물이 출렁인다

잊힌 문장들이 타고 있다
직선으로 올라가던 한 줄기 연기
서쪽으로 기울며
엉긴 것들을 해체하고 있다.

내가 나에게 듣고 싶은 말

하루를 붙잡고 날개치기에 얼마나 힘들었니
움켜쥔 무게에 엉엉 울고도 싶었지
차마 놓아버리고 싶을 때 있었지

그만 놓아도 돼
멀리 에돌아도 괜찮아
이제 다리 뻗고 하늘에 기대도 돼

날개를 어르며
내가 나에게 해주고 싶은 말

끝까지 가 봤니
홀로 켜진 촛불처럼 다리가 퉁퉁 부었지
화를 못 이긴 소나기처럼 한바탕 퍼붓고 싶었지
알지 못할 이유로
바닥에 주저앉기도 벅차오르기도 했지

저 산만 넘으면 돼
못 넘어도 괜찮아

지금까지도 충분히 수고했어

엉덩이 토닥이며
내가 나에게 듣고 싶은 말.

사랑은 총량이 있다

사랑은 총량이 있다

한 생 동안

부어야 할 사랑과

받아야 할 사랑

두 사랑은

더 주고

덜 받아도 되지만

총량은 채워야

꽃을 피울 수 있다.

꽃잎 3

사진 한 장의 무게

사진 한 장의 무게

지게 가득 옹기를 지고 있는 남자를 보았다. 새끼줄로 얼기설기 얽어맨 옹기들은 금방 떨어져 깨질 것만 같았다. 집에 있는 빈 장항아리를 들어보고 그 무게에 깜짝 놀랐다. 옹기장수 사진을 다시 보았다.

남자가 버티고 있는 무게는 생을 악물고 있었다

마디마디 입을 벌린 등뼈와 힘줄처럼 튀어나온 갈비뼈. 살이 뼈가 되고 뼈가 살이 되는 비탈의 여정, 바들거리는 다리, 벌떡이는 심장, 밧줄처럼 팽팽해지는 인대, 흘러내리는 땀방울이 너덜겅에 굴러떨어지는 바윗덩어리 같았다.

사진 속의 남자는 웃고 있었다. 웃음에서 강물 소리가 들렸다. 가족의 태산을 들어올리는 저 가벼운 아비의 지게. 아빠를 부르며 흔드는 고사리 손이 보였다. 옹기마다 응원이 고여 아비는 응원의 부표 위에 떠 있는 것 같았다.

어느 한적한 시골 오일장을 비틀비틀 떠도는 울음뿐인 샛강일지라도, 흘러가는 일이 폭포처럼 아찔한 낙차에만

기댈지라도 보이지 않는 무게를 악물고 있는 가장의 웃음
명찰 옆에 풀꽃 훈장이라도 달아주고 싶었다.

킬힐

무릎을 꿇고 두 손을 마찰할수록
폭력의 힐은 높아졌어
상처는 눈물 구멍이 너무 많아
눈물이 상처를 핥으며 흘러갔어
무릎을 꿇린다고 꿇어 엎드린 내가
파닥거리는 배추흰나비 같았어
자존심의 등뼈가 무너지는 날들이
애벌레처럼 꿈틀거렸어
답 없는 질문처럼 킬힐에 막무가내로 찔린 날
나비처럼 공중 곡예를 택했지
운명 교향곡이 "거기 잘 있지?"
생을 노크하듯 내 심장을 두들겼어
슬픈 북소리 같았어
공중을 나는 동안
시간의 스펙트럼이 펼쳐졌지
철쭉이 하얗게 웃었어
돌 사진에 찍힌 저 웃음
"까꿍" 사진사가 탬버린을 흔들었지
손이 흔들릴 때마다

까르르
나는 누구의 손에 흔들릴 때마다
까르르까르르
사춘기 골방은 레드
초경에 하르르하르르 피어나다가
하이힐 뒤축에 하늘이 으스러졌지
학폭*은 우상처럼 거짓을 증언하고
바람에 날리는 비닐봉지처럼 위선으로 팽팽했지
화려한 가면 뒤에 숨어
겁먹은 먹잇감을 짓밟았지
목을 누르고 발길질을 해대며 깔깔댔지
상처에 약초를 문질러주는 원시 부족처럼
내 심장은 약초를 문질러주는 손이 간절했어
옥상에서 내려다보니
까짓것
모두 내 두 발 아래
그렇게 약초 같은 날개가 돋아나는 걸까
날려고 요동치는 내 견갑골
"날개가 필요해" 기도했지

아무에게도 읽히지 않는 낙서처럼
날개는 돋지 않았어
잠시 견갑골이 가렵기는 했지
별들이 지는 시간에
나도 별처럼 지고 싶었나 봐.

* 학교 폭력의 줄임말.

음치의 기원

나는 음치다
생의 박자를 호기롭게 맞추지 못한다
전 국민이 가수인 나라에서 음치는 당황스럽다
모임의 3차 순서인 노래방 차례가 되면
홀연히 사라져주는 게 예의다
음치 유전자를 물려받은 불복不福의 처량이다
북소리를 들으며 알았다
북소리는 심장 소리의 재생이라는데
내 심장은 북의 리듬과 따로 놀았다
부정맥이라고 했다
생의 기회마다 순조롭게 건너지 못한 박자들이
심장 박동에 기인하고 있었던 것이다
엇박자는 시간을 엇걸음으로 걷고
시대와의 공명을 흩트렸다
갈기를 흔들며
초원을 질주하던 유목의 타투는
바퀴에 순응할
마이너의 초라한 절룩거림일 뿐이었다
나는 기울어진 운동장에서 넘어질 수밖에 없었다.

분열하는 존재

나는 진흙이었어요
어느 순간 하느님의 숨결이 닿아
그만 사람이 되고 말았어요
사람이 되었어도
나는 전생의 형질이 남아 있나 봐요
가끔 몸에 쩍쩍 실금이 그어져요
진흙은 사랑을 흠뻑 받지 못하면
눈물을 너무 많이 흘려서 몸에 가뭄이 든다네요
철분이 부족하면 빈혈이 되는 것처럼 그런가 봐요
엄마아빠는 지금 수소폭탄 전쟁 중이에요
아빠가 분리수거를 잘못했다고
엄마가 쓰레기통을 집어던졌어요
나를 봐 달라고 나는 지금 열울음 중이에요
나 지금 갈라지고 있어요
뇌가 분열되어 나를 분해해요
누군가의 시처럼 내 안에 너무 많은 내가 있어
나는 나를 잃어버려요
정신이 분열되었다고
의사 선생님이 땅땅 선고를 하네요

엄마의 눈동자는 보름달만큼이나 둥그레지고
아빠는 일 년 전에 엄마 등살에 끊은 담배가
머릿속에서 푹푹 연기를 뿜어대네요
나는 단지 사랑에 목말랐을 뿐인데
발가락이 떨어져 나가고
눈알은 추락한 새처럼 날개를 파닥거려요
생의 계단에서 굴러 떨어지는
바짝 마른 파편들
그러게 말이에요
나는 진흙이었다고 고백했잖아요.

연어

모천으로 회귀한 연어를 기다린 것은 불곰이 엎드린 고시원이었다. 8살에 노르웨이 바다로 입양 간 연어는 불혹이 되어 모천으로 돌아왔다. 향기로 각인된 모천은 블랙홀이었다. 폭포를 뛰어오르고 자갈 바닥을 타고 넘느라 몸은 만신창이어도 마음은 푸른 계곡에 뛰놀았다. 일렁이던 수면에 허기진 불곰이 뛰어들었다. 4년 동안 유일한 친구였던 알코올이 연어의 간을 찢어 허기를 채웠다. 꼭지로 기억된 어미는 자식의 꿈을 갉아먹었다. 불곰 곁에서 날개를 퍼덕이던 우울증은 흘러내린 시간을 쪼아먹었다.

비늘이 너덜거리는 은하수가 출렁였다
파도가 바위에 부서졌다
붉은 눈물이 함부로 솟구쳤다
산천이 빨갛게 물든 뒤에야
연어는 모천에 울먹이는 영혼을 흘려보냈다
몸은 어른이어도
영혼은 아직 젖 물린 아이여서
아이도 어른도 아닌
어중땡이를 그리움은 무차별 공격했다

여기저기 널브러진 술병은 기진맥진이었다. 고독을 달랬을 맑은 유혹은 연어를 더 깊은 수렁으로 끌어들였다. 버선발로 마중 나온 알코올에 기대어 가파르게 치솟던 호흡이 툭 끊겼다. 불곰과 사투하던 시계가 멈추고, 10여 일이 지나서 문을 따고 들어간 모천에는 인간의 것도 비늘의 것도 아닌, 이빨로 자근자근 눌러 삼킨 울음이 범람하고 있었다.

추락하는 것은 날개가 있다*

발을 헛디뎠다
허공이었다
14m를 추락하는 찰나에
밀물 같던 한 생의 문장이 몇 개의 컷으로 재생되었다
되감기는 필름에는 추락하는 장면이 시간차로 찍혀 있었다
????????????????????
의문표가 찍힌 날개가 부러지고
안전모를 쓰지 않은 머리가 생의 바닥과 충돌했다

빌딩 유리창을 청소하다가 추락사한 40대 가장의 일기장엔 직장에 대한 소중함과 자부심, 부모에 대한 그리움과 가족에 대한 사랑이 또박또박 쓰여 있었다. 사진으로 찍힌 일기장엔 꽃잎이 분분히 날고 있었다. 하루의 각다분함을 앉히고 꽃을 피우듯 하루의 단상을 써 내려갔을 것이다.

북에서 의사였던 그는 병든 아내의 치료를 위해 남에서 청소부와 막노동을 하며 생계를 꾸렸다. 죽을힘을 다해 발버둥 쳐도 빚은 늘어만 갔다. 날마다 절망과 입 맞추며 추

락했을 그의 일기에는 추락에 대한 불평이 한마디도 없었다. 일기가 꽃으로 보인 이유를 알겠다. 추락하는 것은 날개가 있다는데 그에게는 일기가 생의 하늘을 나는 날개였으리라.

* 잉게보르크 바하만의 시집에서 따옴.

"Me Too"

꿈틀거리는 미각으로 갈치의 지느러미를 잘랐다. 만원 전철에 시달리며 꿈꾸었을 바다의 시간이 날카롭다. 가시에 찔려 반성하다가 갈치에게로 향한 식욕을 내려놓았다.

식욕은 너의 목숨을 끊어 내 허기를 채우겠다는 것
은빛 지느러미가 비상을 꿈꿀 수 있었던 것은
한 생을 벼린 날카로움 때문이었다

속죄하기 위해 제 눈을 찌른 오이디푸스는 전설이었다
속죄는 오염된 하천의 붕어처럼 하얗게 배를 뒤집었다

상처의 시간에 묶인 피해자는 뫼비우스의 띠를 회전하고 가해자는 알코올로 주조한 배를 타고 기억나지 않는 노를 저어 항구에 닿았다.

피해자와 가해자를 뒤섞는 양비론의 쌍검 때문에 진실은 칼날에 찔려서 꽃을 피우지도 못하고 시들어버렸다.

진실은 지하감옥,

아니면 바다 밑 어느 깊은 해구에 묻혔다
그리고 봄이 오듯
뫼비우스 회오리의 출구를 찾았다
흰 장미가 피어나기 시작했다
“Me Too, Me Too, Me Too, Me Too”
한 개의 촛불이 켜지자 촛불은 광장이 되었다
넝쿨장미의 넝쿨넝쿨한 향기에
가해자와 피해자가 홍해바다처럼 갈라졌다.

달이 울고 있었다

달이 울고 있었다
한 점 살도 발라낼 것 없는
누군가의 빛을 받은 흰 뼈가
다른 누군가에게 되비치고 있었다

나는 날마다 나를 잡아먹는다

방향타를 잃은 연대의식과 인지상정, 측은지심 따위의 손가락을 잘라 먹는다. "닥치고 있어." 아가리 닥치면 순종의 대가로 은혜의 소낙비 쏟아진다.

우표를 붙이려던 밥풀때기 톡 떨어지니 개미 떼 몰려온다, 소문 듣고 줄줄이 달려온다. 같이 먹고 살자고 바람에게까지 통문을 보낸다.

나는 개미보다 하등 인간
공생하는 개미 유전자를 물려받지 못했다

한 끼 밥을 위해, 하룻밤 잠을 위해 내가 굶는지 불구덩이에서 허덕이는지 집단 폭행을 당하는지 쇳덩이에 깔려 죽는지 제 몸보다 작은 가방에 갇혀 울부짖다 죽는지 관심 없다. 게을러서 잡아먹고 잠을 못 이겨 잡아먹고 놀러 다니느라 잡아먹고 바빠서 잡아먹고 한쪽 눈 질끈 감고 잡아먹는다.

라면도 소화시키지 못한 채 기계 속으로 빨려 들어가고 반지하방에서 고지서를 움켜쥔 채 굶어죽고 폭력으로 망가지고 찢긴 몸도 마음도 다 잡아먹고 무관심이 무관심을 잡아먹고 함께 죽는다.

웅크린 나에게 잡아먹히는
내 하얀 등뼈를 들여다보며
달그림자가 울고 있었다.

무등산 어머니

무등산은 사립문을 닫아건 적이 없다

광주 사람들은 날개가 꺾일 때마다
무등에 찾아가

바윗돌 같은 한숨으로
툇마루 먼지 쓱 닦고

“그냥 왔어”

한마디 하고 기댄다

잦아드는 어깨가 안쓰러운지
“쩌억~”
가슴 벌어지는 소리 들린다

지금도 누군가 기대고 있다

서석대 입석대는 아직 사무치는 중이다

어머니 가슴에 죽죽 그어진
실금 틈새로
소낙비 한 줄금 스며든다.

억새는 혁명이다

억새는 파도치는 함성이다
영산강변을 걸으며 억새와 함께 혁명을 꿈꾼다
혁명은 멈추지 않는 것이다
억새는 뿌리를 내리면 멈추지 않는다
광야는 그의 영토가 된다
스스로를 드러내는 법이 없는 억새는 여백이다
다리가 꺾여도 침묵으로 출렁인다
가득 차 있어도 텅 비어 있다
들국화 한 송이에게도 배경이 되어준다
바람이 불어도 맞서는 법이 없다
바람 부는 대로 흔들린다
흔들려준다
달이 뜨면 달빛을 안아주고
해가 뜨면 햇살을 빛내준다
그것은 민초들의 성품이다
나서는 법 없이 촛불 하나 들고
물의 흐름을 바꾸고 바람의 방향을 바꾼다
배경의 힘이다.

세월

어떻게 그럴 수가 있지?

에서

흠~~ 그럴 수도 있지!

물음표가 느낌표로

철들어가는

여정.

용천사 꽃무릇

스마트폰이 바위에 떨어져 액정이 박살났다
흙 밭에 떨어졌더라면
흙은 부드러운 마음으로 받아주었으리라
어린 학도병들은 바위에 떨어져
빨치산이라는 죄목으로 몰살당했다

바위를 뚫은 총탄 자국과
시래기국을 끓였을 버너를 본다
어린 학도병들은 시래기국에
부용산 노래를 말아먹으며
등창에 호롱불 가물거리는 집을 그렸으리라

눈물로 어룽진 푸른 시간
마지막 숨을 고르며 움켜쥐었을 개화開花의 꿈
바위에 걸린 군 안전모에 붉은 화관이 얼비쳤다

내가 죽어야
네가 피어날 수 있다면
우리 비록 만나지 못해도 그리워 말자

지극했던 푸른 시간에
지극한 애도를 바치는 붉은 문장

용천사 꽃무릇.

플라스틱 폭식 증후군

플라스틱이 나를 갉아먹기 시작했다. 뇌수를 갉는 소리에 잠을 깨는 밤이 쌓여갔다. 플라스틱의 내구성을 너무 사랑한 나는 흙탕에서 뒹구는 플라스틱을 주방의 밥그릇까지 불러들였다. 처음에 플라스틱은 아주 조심스러웠다. 발소리도 내지 않고 무의식에 파고들더니 반려묘처럼 숙주를 점령했다. 나는 플라스틱의 집사, 시중드느라 나를 잃어버렸다. 눈을 감으면 포도막에 안착한 미세플라스틱이 눈을 부릅떴다. 병원에서는 비문증이라고 시중들며 살라고 했다.

플라스틱 바다가 비틀거렸다. 인류는 플라스틱을 폭식한 대가로 모든 지체가 플라스틱으로 대체되는 징벌을 받는 중이다. 인류 덕분에 지구의 모든 동식물은 플라스틱을 먹고 플라스틱이 몸의 주성분이 되었다. 태생이 쓰레기인 플라스틱은 버려진 채로 흘러 흘러 바다에 닿았다. 섬이 된 플라스틱은 혹등고래 코스프레를 했다.

플라스틱 꽃을 든 신부가 플라스틱 아기를 낳았다. 심장이 플라스틱으로 만들어진 아기는 인형처럼 울지도 웃지도 않았다. 인형이 부모를 칼로 찌르자 플라스틱 피가 흘렀다. 플라스틱 나이프가 지구의 자전축을 잘랐다. 피를 뿜어내는 지구를 플라스틱 손가락이 핥아 먹었다.

플라스틱 피는 감정이 영이었다. 무감동의 세상에 썩지 않는 플라스틱 좀비가 서로를 점령하려고 달려들었다. 전쟁은 그렇게 일상이 되었다. 플라스틱에 점령당한 눈이 사라졌다. 어둠의 카니발은 적군과 아군을 구별하지 못했다.

어둠이 지독한 아토피처럼 온 바다에 번지고 있었다. 플라스틱이 둥둥 북의 파동처럼 번지며 바다의 숨길을 막았다. 해류에 올라탄 플라스틱이 바다의 허파를 공격하자 진물이 고래의 숨구멍마다 흘러내렸다. 비명은 플라스틱 고막에 흡수되었다. 산소통에 매달려 와상 환자가 된 바다는 다시 일어나지 못했다.

꿈을 팔아 욕심을 샀네

언제부터인가 꿈을 말하면
욕심을 내려놓으라고 위로를 받네
나이를 먹는 것은
꿈을 팔아 욕심을 사는 것
눈물의 빛깔은 여전히 푸른데
꽃을 보고 심장이 뛰면
부정맥이 아닐까 걱정을 하네
쓸쓸한 바람은 창문을 흔들고
무릎이 시큰한 달은
고갯마루에 걸려 숨을 헐떡이네
손을 내밀어도 아무도 다가오지 않을 때
꿈을 팔아 욕심을 샀네
등 떠밀려 꿈을 팔아먹은 욕심쟁이가 되었네
변명도 없이 속옷은 흘러내리고
잔주름 출렁이는 눈가에
주름주름 욕심만 떠돌아
꿈은 그렇게
좌판에 놓인 한물간 갈치처럼
썩어버린 내장을 소금 한 바가지에 감추고

본전도 안 되는 헐값에 팔려갔네.

나쁜 소문
– COVID 19

가지마다 왕관을 쓴 소문은
여왕처럼 진실을 지배하기 시작했다
소문은 인격적이었다
무시해도 좋을 가지마다에 왕관을 씌웠다
소문은 민주적이었다
모두에게 골고루 평등했다
다수결의 원칙에 의해
소문에 지배당한 피지배자는 살해되었다
커피 한 잔을 마시는 시간이면
치사량이 충분히 스며들 수 있었다
아무도 책임지지 않은 소문이 바람을 타고 떠돌았다
희생자가 늘어나자 소문이 보였다
내가 희생자가 될지도 모른다는
공포가 사람들의 입을 막았다
마스크를 쓰고
자기가 소문의 진원지가 아니라고
모두들 커밍아웃을 했다
그러나 슬프게도
시위를 떠난 소문에게 모두는 이미 과녁이었다

정곡에 명중된 소문이
목련꽃처럼 귀를 펄럭이며 날아내리고 있었다.

기억의 환상통*

기억의 지체가 사라졌다
사라진 지체는 전두엽 골목을 흘러 다니고
잡히지 않는 지체의 간지러움과 울부짖음
한때 도반이었다가 까무룩 지워진
추억의 페이지는 투명한 백지
눈자위가 붉어지는 날마다
기억의 발가락이 떨어져나갔다
성벽이 허물어진 자리에 성벽은 여전히 웅장했다
사라진 시간의 감각은 치렁치렁 우아를 늘어뜨린 드레스 같았다
망각의 성벽 사이에 낀 발가락이 꼼지락거리면
뿌연 안개가 걷히는 것도 같았다
태아처럼 둥글게 오므린 자존심이
해맑은 유리창을 문지르고 있었다
꼬리 잘린 달빛을 뒤집어쓴
달맞이꽃이 무심히 피어나고 있었다
사라진 시간의 그루터기에서
물음표 같은 통증의 실뿌리가 길어나고 있었다
환상의 뿌리가 뼈가 되고 서까래가 되었다

스펑나무 뿌리들이 사원을 흔들고
사원을 지탱하는 것처럼
사라진 기억의 뿌리가 나를 흔들고
나를 버티고 있었다.

* 절단된 사지에서 느끼는 통증성 감각 이상.

내가 알아보잖아요

날마다 같은 장소에서 내리는 할아버지,
버스 기사님이 여쭙는다

어르신, 날마다 어디를 그렇게 가세요?
저 앞에 있는 요양원에 갑니다
거기 누가 계세요?
우리 마누라가 있지요
어르신을 알아보세요?
아니요
알아보지도 못하는데 날마다 뭐 하러 가세요?

내가 알아보잖아요

생이란 멍에 같은 십자가를 지고 가는 여정
자신에게 지워진 십자가의 문장을
어떻게 독서하느냐에
생의 빛깔이 달라진다
운 좋게도 그날 아침 버스에서
세상에서 가장 뭉클한 십자가를 만났다.

꽃잎 4

상처의 연대기

주먹밥의 밀도

– 꽃과 꽃 사이의 오월 1

주먹밥은 어머니의 정화수가 뭉친 것이다. 기약 없는 용기로 뭉친 것들은 염려가 접착제가 되었다. 아침에 핀 꽃이 한낮에 떨어지고 금방 스친 옷깃이 5미터 앞에서 고꾸라졌다.

죽은 친구의 등허리를 껴안고 우정을 포개고 죽은 소년
민주의 주검을 들것에 나르던 중3, 열여섯에게 민주란 무엇이었을까
주먹밥 한 덩어리를 나누어 삼키며
가슴에는 햇살이 빛났겠지
같은 심박동끼리 뭉친 주먹밥은 끈기가 달랐다
치댈수록 밀도가 올라갔다
의분의 마찰로 뜨거워진 우정은
별이 되어서도 차마 떨어질 수 없었으리라

죽음도 떼어놓지 못한 밀도로 주먹밥을 뭉친 친구들은 은하수가 되었을까? 오월의 밤하늘을 올려다보면 은하수 한가운데 주먹밥처럼 엉긴 궁수자리석호성운에 어깨를 걷고 있는 일등성끼리 서로의 빛을 비추고 있다.

촛불로 타오르다

– 꽃과 꽃 사이의 오월 2

그날, 도청 앞 분수대는 슬픔이 솟구쳤다. 눈물방울이 분수처럼 부서져 내렸다. 으깨진 주먹밥을 덮은 상무관 태극기에 붉은 꽃물이 번지고 있었다. 무등의 아침놀 같았다. 봄날처럼 파릇파릇한 소년에게 촛불이 켜졌다. 100조 개의 연둣빛 사춘기 세포는 마디마디 화마에 타는 듯 화끈거렸다.

세상에서 가장 아픈 상처가 울먹이자 알 수 없는 뜨거움이 소년을 일으켰다. 상처를 비추던 촛불이 5월 27일 차마 꺼졌다.

풋살구 같은 이마는 독재의 과녁이 되었다. 창밖의 태극기는 구원투수처럼 동동거렸다. 폭발한 뇌수가 검은 하늘에 반짝! 누이의 꽃 같은 얼굴을 펼치다가 어머니 가슴에 평생 뽑히지 않는 가시로 박혔다. 어린 이웃은 도둑 만난 이에게 마지막 불씨까지 내주었다.

몸을 허물어 시퍼렇게 타오르던 촛불
여드름처럼 싱싱하던 문장이 한 줌 재로 스러졌다

그날 밤 한동안 침묵하던 무등이 울었다
산의 포효에 바위가 쩍쩍 갈라졌다
너덜경에 굴러 떨어진 눈물은 피투성이였다
개미 먹인 폭력의 연줄에 찢기고 짓뭉개진
정의의 눈동자는 그날 밤 청맹과니가 되었다.

상처의 연대기
– 꽃과 꽃 사이의 오월 3

최루탄이 펑. 펑. 펑. 터졌다
봄꽃 같은 나들이 길이었다
우우 달려오는 사람들이 쓰러지고
용암이 흘러내리듯 화끈거렸다
독버섯처럼 폭발한
파편이 박힌 상처마다 까맣게 썩어 들어갔다
햇살이 눈부셔 눈을 뜰 수 없었다
그림자…
실눈을 뜨니
핏물 범벅 친 얼굴이 조커처럼 웃고 있었다
갈가리 찢긴 수치를 버린
알몸들이 트럭에 내동댕이쳐지고 있었다
수치를 입은 제복들이 악어의 눈물을 흘리고 있었다
군홧발에 걷어차이고 트럭에서 굴러 떨어졌다
누군가 대문 안으로 숨겨주었다
갑자기 하이힐이 생각났다
내 하얀 하이힐,
아빠가 대학 입학 기념으로 사주신
하얀색 추억이 사라져버렸다

줄 나간 스타킹… 삐져나온
엄지발가락이 풍선처럼 부풀어 올랐다
안개처럼 기억이 자욱했다
시멘트벽에 걸린 희뿌연 거울이 낯설었다
눈동자는 부어오른 눈꺼풀에 반쯤 가려진 채
여전히 숨을 곳을 두리번거렸다
찢어진 블라우스에 스며든 선홍색 꽃들이
게르니카처럼 뒹굴며 비명을 질렀다
햇살 뒤의 어둠
그 뒤의 더 깊은 어둠이 햇살을 가리고 있었다
아! 꽃구경을 했었지
핏물이 눈물보다 뜨거웠다
기억의 눈동자가 문득 눈을 뜨면
누군가는 서늘했고 누군가는 따뜻했다
나의 깔깔대던 어린 처녀는 그날 이후
흰 구두처럼 사라졌다
폭격당한 다리처럼 멈춘 시간이
마른 잎맥처럼 바스러지고 있었다
눈물이 말라버린 호수는

안구건조증처럼 꺽꺽거리며 빛의 시선을 피했다
가슴에 삼팔선처럼 죽 그어진 칼자국을 따라
칼날이 가슴을 쑤셔댔다
내 가슴은 칼의 적의만 기억하였다
얼굴 없는 칼날과 끊임없이 격돌했다
상처는 아문 듯하다가 다시 터졌다
덧난 상처의 비명소리가 창문을 뚫고 고막을 찢었다
상처는 현재진행형이었다.

햇살보고서
– 4·3 동백 한 송이

1. 햇살이 검은 빌레가름을 핥고 있었다. 바람에 쓸린 댓잎이 빈 마당에 받아 적은 슬픔이 눅눅했다. 마을은 불타 사라졌어도 송악과 넝쿨이 마을을 지키고 있었다. 돌담을 낀 올레길에는 목 잘린 동백들이 무더기로 귀향하고 있었다. 동박새가 끄덕끄덕 문상 중이었다.

2. 이 보고서는 삼만 개의 심장에서 꺼낸 선혈의 뼈를 맞춘 것이다. 이어 붙은 피떡이 굳어 뼈끼리 떼어놓을 수가 없었다. 엉긴 주검들… 무더기로 건널 수밖에 없는 강물은 실종된 슬픔이 범람해 폭포. 내리꽂히는 폭포는 붉은 통곡, 산은 불타는 공포, 깃털이 뽑혀 날지 못하는 새, 모가지가 잘려 피지 못한 꽃. 노을의 안색은 붉은 수수밭, 눈그늘에는 만근의 어둠이 내려앉았고 슬픔은 정자나무가지처럼 뻗어나가 울음의 꼬리가 보이지 않았다.

3. 나랏님은 백성의 핏방울을 받아먹고 백성의 뼈로 별장을 지었다. "가혹하게 탄압하라"는 어명은 태풍으로 진화했다. 태풍의 습성은 제 뼈도 부러뜨린다는 것. 백성들은 살아있다는 이유로 과녁이 되었다. 바람 부는 대로 밟히는 하르

방, 할망, 물애기, 비바리, 아지망, 소나이가 억새밭처럼 무너졌다. 불쏘시개가 된 백성들은 들불처럼 타들어갔다.

4. 턱이 날아간 팽나무가 울부짖을 때도 태풍은 웃고 있었다. 태풍은 쌍끌이어선처럼 제주 앞바다를 바닥부터 긁어서 그물로 옭았다. 가혹한 태풍에 휩쓸린 어미들은 죽은 아이를 안고 입만 벌렸다. 목울대를 틀어막은 공포. 마파람이 오줌을 지렸다. 짓이겨진 시간에 얼어붙은 슬픔이 너무 단단해서 만년의 햇살에도 녹아내릴 것 같지 않았다.

5. 태풍은 맹독이 소진되자 결국 소멸하였다. 지독한 독감 같은 북풍이 물러가고 있었다. 돌아온 햇살이 침묵뿐인 빌레가름을 핥고 있었다. 봄바람이 태풍 이전의 페이지를 들춰도 공백, 공백이었다.

널뛰기
– 4·3 동백 두 송이

쿵하고 널이 내려앉았다
회오리바람은 화살촉을 물고 빙글빙글 휘돌았다
이빨이 이빨을 부수었다

수백수천의 화살촉이 내 배를 널기둥 삼아 오르락내리락하고 있었다. 이제 막 분화를 시작한 수정란은 발가락을 꼬무락거렸다. 한 남자가 남편을 찾아내라고 바람을 갈랐다. 반대편 남자가 발을 구르며 가래침을 뱉듯 내뱉는 욕설 사이로 싸락눈이 싸락싸락 날렸다. 눈이 날려도 널뛰기는 멈추지 않았다.

"아이구기여 우리 메누리 애기 가졌수다"
씨어머니가 용눈이오름처럼 엎드려 빌고 있었다
곤밥 같은 싸락눈이 얼굴에 뒹굴었다
널이 오르내리는 사이
남자들의 욕설이 눈발에 굴러다녔다

널뛰기는 내려올 때가 더 무섭단다
언니가 열 살 설날에 말해주었다

통증이 노픈오름처럼 가파르게 상승했다
널의 삐거덕거리는 소리
노픈오름 억새가 한 방향으로 누웠다
소리 없는 절규에 땅의 손톱이 빠져나갔다
나는 아랫배를 부여잡고 혼절했다
바둥바둥
태아가 아직 먼 발길질을 해대는 시간
코를 씩씩거리던 바람이 두 남자를 패대기쳤다.

다랑쉬오름

– 4·3 동백 세 송이

햇발이 따뜻했다. 굴뚝의 연기가 모락거렸다. 콩새들은 햇발에 언 발을 녹이는데 땅땅 햇발을 가르는 소리에 귀들이 긴장했다. 숟가락을 들고 군침 흘리던 아침이 연기 속으로 빨려 들어갔다. 꾸짖는 하르방부터 무너지더니 마을이 뭉텅뭉텅 사라졌다. 놀란 콩새가 콩콩 뛰어다녔다. 젖먹이를 품에 안고 다랑쉬오름을 오르는 어미, 구멍 난 버선 사이 생살을 잃은 발가락뼈가 눈처럼 희었다. 어린 울음소리는 쩡쩡 오름에 실금을 그었다.

굴속으로 날아든 눈발이 총알처럼 차가웠다. 굴 밖에서 서성이는 짐승의 눈을 보았다. 어디선가 본 저 눈빛, 오름에서 노루를 노리던 삵의 눈빛이었다. 두 개의 구멍은 캄캄한데 눈알이 번들거렸다.

숨 막힌 다랑쉬굴이 머리를 쥐어뜯었다. 폭파된 심장의 파편들이 도돌이표처럼 심장에 꽂혔다. 눈구름은 오름에 몸을 부리고 있었다. 눈보라 사이사이 젖먹이가 쿨럭거렸다. 가슴 미어지는 지슬들, 남편은 어디에 있는 것일까? 아이를 살리기 위해 내 눈은 필사적이었다.

허공에서 물이 주르륵 흘러내렸다. 내 눈물, 남편의 눈물이 아이 얼굴에 방울방울 떨어졌다.

물의 길

– 4·3 동백 네 송이

빗방울은 길을 떠났다
빗줄기로 육지를 강타할 때의 짜릿함
땅의 비명소리
빗방울은 몽둥이의 희열을 느꼈던 것이다
횟수가 늘어나자
비명소리가 가책도 없이 고막을 통과했다
맹수의 짜릿한 오감이 스멀거렸다
포식자의 송곳니가 길어나고 있었다

첫걸음은 차 한 잔처럼 시작되었다
돌 속에 숨어 있는
수천수만의 칼날을 견디면서
물은 포식자의 속성을 지워나갔다
날카로움에 날카로움을 벼리며
콩. 콩. 콩. 물 한 방울로 목을 적시는
가엾은 콩새의 부리도 다치지 않도록
세상에서 가장 순한 물이 되었다

물은 누구를 만나도 순하게 스며들었다

원수를 만나도
들이밀 가시가 없어
악수하자고 손을 내밀었다.

설움구멍을 메우다
– 4·3 동백 다섯 송이

하늘에 구멍이 뚫렸다. 구멍 하나 뚫렸을 뿐인데 하늘은 달도 지우고 해도 삼켜버렸다. 구멍 난 하늘이 남긴 일기장엔 눈물 자국이 어룽져 성한 글자가 없었다. 페이지 여백마다 폭우가 내려 시간이 둥둥 떠다녔다. 한평생 허방을 딛고 날마다 추락하던 하늘이 노을로 돌아갔다.

총알에 턱이 날아간 동백꽃
꽃잎 한 장 잃으면 꽃은 꽃이 아니지
향기가 사라진 하루를 넘기려면
돌멩이 하나까지 죽을힘으로 굴렸지
살아내려고 주먹을 쥘 때마다
가슴에 또 다른 구멍이 뚫렸지

새털구름이 깃털을 뽑아 구멍을 메우고 있었다. 자세히 보니 일기장 어룽진 자국이 마르고 있었다. 서른다섯 고운 꽃이 웃고 있었다. 구멍을 감쌌던 옥양목이 서리서리 날아가고 눈보다 더 흰 턱뼈가 돋아나고 있었다.

지슬의 땅

– 4·3 동백 여섯 송이

바람이 대밭을 휩쓸고 지나갔다
댓잎은 한 방향으로 운다
같은 방향으로 흔들린다는 것
함께 견디겠다는 불굴의 의지
바람까마귀 날개가 하늘을 덮었다
사냥꾼들은 대낫사거리에서 지슬을 패대기쳤다
변방에서 방언 같은 꽃을 피운 게 죄라고 했다
무둥이왓은 송두리째 뽑혀나갔다
뿌리를 걷어내고
꽃까지 몰살하겠다고 사냥감을 기다렸다
짚더미와 멍석과 지슬이 불꽃으로 타올랐다
ㅁ ㅜ ㅅ ㅣ ㅁ ㄱ ㅓ ㄲ ㅗ ㅏ?
발음되지 못한 분절들이 연기로 흩어졌다
삶이 지슬의 흰 뼈를 툭툭 차고 다녔다
뼈가 되어서도 얻어맞는 지슬을 보고
다시는 아무도 지슬을 말하지 못했다

그곳이 지슬의 땅이었다고 전설이 될 무렵
땅의 가슴에 연보라 꽃망울이 맺혔다
새끼 잃은 어미의 젖멍울 같았다.

하얀 함성
– 4·3 동백 일곱 송이

거뭇한 하늘은 이내 눈을 퍼부었다
쌓인 눈은 고백성사 같았다
눈이 녹자 어둠이 눈을 떴다
날카로운 낫이 오름을 점령했다
오름을 지키던 억새들이 뭉텅뭉텅 베어졌다

겨울의 그루터기에 스민 핏물이 얼어붙었다
이슬이 상처를 씻고
햇살이 상처를 녹이자
달빛이 붕대를 감았다
광풍이 밤새 낫질을 해도
어미 잃고 우는 아기 울음 같은
상처가 억새를 일으켰다

자연스레 자연이 돌아오고 있었다
오름마다 억새가 돋아나고 있었다
때가 되면 다시
오름을 하얗게 점령할 함성이었다.

4·3의 어미

– 4·3 동백 여덟 송이

눈물은 굴속에 숨어들고
소리는 갈비뼈 사이로 고개를 묻었다
입을 벌려도 목울대는 소리를 죽였다

자식이 죽어나가도
울 수 없는 어미
자식과 함께 슬픔을 묻은 어미

물기 걷힌 마파람이 눈물샘을 핥고 있었다
공포라는
표범의 아가리에, 발톱에
출구가 막힌 슬픔이
상현달에 걸터앉아 잔등을 들썩이고 있었다

풀꽃은 뭉개져도 앓지도 울지도 못했다
죽은 자식을 안고
앓지도 울지도 비명을 지르지도 못하는 어미

쥐어뜯는 가슴에 바람구멍 뻥뻥 난
부석浮石이 들 수 없을 정도로 무거운 날들이었다.

빨간 볼레*

– 4·3 동백 아홉 송이

햇살 좋은 날은 성판악 노을이 고왔다
노을은 아직 멀었는데
밭벼도 하르방도 할망도 노을처럼 벌겋게 타고 있었다
노을빛은 허기질 때 생각나는 볼레의 빛이었다
그해 겨울
성판악 볼레낭에는 붉은 볼레가 지천이었다
볼레낭 가지를 잡고 한참 따 먹다 보면
얼굴도 옷도 빨개졌다
한 알의 볼레와 한 개의 심장이
맞교환되었다
노랑지빠귀도 멧새도 참새도
볼레를 먹으면 빨간 새가 되었다
미나리아재도 할미꽃도
볼레낭 아래서는 빨간 꽃이었다
눈길에는 빨강 꽃잎이 뒹굴었다
꽃잎에는 아직 김이 서려 있었다
바람은 부고를 품고 오름 너머로 사라졌다
볼레는 그렇게
허기를 채우고 붉은 꽃잎이 되었다

그제야 도착한 노을은 영문도 모르고
무차별 사격의 과녁이 되고 있었다.

* 보리수 열매.

삼다수

– 4·3 동백 열 송이

천길 아래 낭떠러지가 보였다
칼 같은 돌기를 셀 수 없이 거느린 길은
걸음마다 살갗이 벗겨졌다

상처를 치유하고
맑은 정신으로 거듭나야
물은 험한 여정을 다시 시작했다

삼다수,
한 방울의 빗방울이
한 모금의 식수가 되기까지

상처뿐인 바위 구멍마다
십팔 년을
오체투지로 건넌

눈물,

제주 사람들은 그 삼다수를 마시고

어떤 태풍이 불어도
굴복하지 않았다.

어떤 의자

– 고 '윤한덕 님'을 추모함

한국 최초로 응급체계를 구축한 의사 윤한덕에게
문이 열렸다
두드리면 열릴 줄 알았던 문이
두드릴 때마다
걸쇠가 하나씩 늘어
문은 더욱 견고하게 닫히고
결국 자신의 방문마저 굳게 닫혀
의자에서 일으킬 수 없던
바람이 걸음을 멈추자
억지로 자물쇠를 따고
닫힌 문이 열렸다
의자가 주저앉기까지
열려고 할수록
걸쇠끼리 연대하여 앙다문 문들이
몰려나와
생전 처음 의자를 보았다는 듯이
응급체계구축의 대들보라고 추켜세우며
더 이상 회전하지 않는 의자를 애도했다
단지 의자였을 뿐이라고

사람을 쉬게 하고 싶었을 뿐이라고
눕지도 못하고 겸손히 앉아 있는 의자에게
허리 굽혀 꽃을 바쳤다.

상처의 기억

– 1923, 관동대학살

상처는 눈물의 무게로 역사를 기억하지
자갈밭 같은 역사에 와르르 매몰되어
아물지 못하고 울부짖는 상처에
사라진 시간의 눈시울이 그렁하다
너무 아파서 너무 미안해서
말문이 막히고 무릎이 꺾여서
역사는 상처를 달의 그늘에 묻은 걸까
달의 뒤란에 움푹 파인 상처들
기억을 지우면 아픔도 지워질까
상처를 덮으면 미안함도 덮어질까
추상같은 꾸지람에 석고대죄 할지라도
백지뿐인 연대기의 상처를 호명하리
싱크홀처럼 역사의 구멍으로 사라져
나라에게도 민족에게도 홀연히 잊힌
흉터로 일그러진 원통한 꽃들의 시간
비단처럼 고왔던 진달래, 개나리
처참하게 찢기고 베어지고 무너진
상처를 헤아리고 보듬지 않는다면
아무도 잊힌 것을 되돌리지 못한다면

억울함을 절통함을 살피지 않는다면
부러진 그루터기에 옹이가 박히듯이
역사는 울음뿐인 흰 뼈를 드러내리
하늘은 해도 달도 사라지고 어두워진다
별들이 하얗게 일렁이며 반짝인다
흉터 같은 별들이 울음을 쏟는다
이 악물고 숨죽인 흐느낌이 파도친다
아물지 않는 저 상처 애잔해서 어쩔거나
빛바랜 기억 같은 노을빛 사진 한 장
주검이 낙엽처럼 서럽게 쌓여 있다
사진이 웅변하는 낙엽들의 눈물들
나이테처럼 몸으로 증언하는 주검들
땅바닥에 넉장거리로 진열된 아픔들
어떤 폭풍우가 이리 모질까
마디마디 부러지고 밟히고 짓이겨진
상처들이 바람에 쓸린 낙엽처럼 어지럽다
처절하게 울부짖는 이들은 누구인가
상처들도 오매불망 작은 꿈이 있었으리
꽃 피우고 열매 달게 익히고 싶었으리

우듬지로 하늘도화지에 구름 그리고 싶었으리
아침이면 종달새 더불어 노래하고
낮이면 나비 함께 노닐고 싶었으리
식민지 백성으로 깡그리 빼앗기고
목구멍 타작에 악착같이 목맸지만
노동에 지친 몸을 다다미방에 누이면
들창 밖의 하염없는 초승달을 바라보며
저 달이 차오르면 나의 꿈도 차오르리
소박한 그의 꿈 모자란 공부였을까
부자가 되어서 금의환향하고 싶었을까
부푼 꿈은 피떡이 된 머리카락에 말라붙고
자존심을 지키듯 서릿발 입은 앙다문 채
진실을 말하듯 억울한 눈만 부릅떴다
자갈 같은 차별과 멸시로 짓이겨져
절통한 꽃잎들 봉분처럼 쌓여서
상처가 상처를 진물로 감싸고 있다
조선땅에 흐드러진 구절초 여인이여
어쩌자고 태어나 식민지 백성이 되었는가
몇 마디 조사와 몇 방울의 눈물로

서러운 하늘길 배웅도 못 받고
거기 그렇게 새카만 상처로 흐느끼는가
잊힌다는 것은 무엇을 의미할까
어떻게 살았는지 잊힌다는 것일까
어떻게 죽었는지 잊힌다는 것일까
어떻게 살았는지 어떻게 죽었는지
아무도 기억하지 않고 잊혀진 삶이 있다
멸시로 둘둘 말린 오욕을 견디며
구사일생 살아남아 가족을 챙기다가
임신한 몸으로 먹을 것을 찾다가
늑대에게 물려서 희생양이 되었을까
돈 벌어 부모님께 큰절 올리고 싶었건만
밤마다 꿈처럼 가족을 그렸건만
첫사랑에 달떠서 심장이 불탔건만
식민지 백성이라고 조센징이라고 손가락질 당하고
칼에 베이고 죽창에 찔리고
늑대에게 강간당하고 몽둥이로 얻어맞고
속절없이 짐승들에게 살육 당한 주검들
인정 없는 칼날에 무참히 베인 꽃송이들

피고랑을 타고 꽃잎이 폭포처럼 쏟아졌다
그날 잃은 조선 백성 주검이 얼마인지
궁금한 나라도 없고 알려주는 나라도 없다
만금 같은 목숨을 헌신짝처럼 잃었으나
얼마나 아팠냐고 얼마나 억울했냐고
얼마나 비참했냐고 얼마나 살고 싶었냐고
한 마디 위로도 못 받고 잊히고 있다
고향의 부모는 내 자식 어딘가 살아 있으려니
소식 없는 자식들 제사도 못 지내고
정화수 떠놓고 새벽이면 두 손 빌며
무작정 하세월로 기다리고 기다린다
나라가 국민을 기억하지 않는다면
국민이 나라의 하늘이 아닌 걸까
나라가 국민의 하늘이 아닌 걸까

대학살은 맹랑한 소문으로 시작되었다
1923년 9월 1일 11시 58분 점심때였다
죽음의 그림자가 일본 관동을 덮쳤다
7.0 이상의 지진이 세 차례나 몰려왔다

죽고 파괴되고 불타고 무너졌다
대재앙은 속수무책 대혼란으로 이어졌다
지옥 같은 아비규환 대혼란의 관동 지방
일본 당국은 민중의 분노에 겁을 먹고
생쥐처럼 재빠르게 계엄령을 내렸다
대재앙의 폐허 속에 인심이 눈 부릅뜨자
악의적인 유언비어를 날조해 퍼뜨렸다
조선인에게로 분노의 화살을 돌렸다
내무성이 경찰서에 발송한 공문들
"재난을 틈타 이득을 취하려는 무리들이 있다
조선인이 방화와 폭탄테러 강도 등을
획책하고 있으니 주의하라"는 내용은
유언비어를 생산하고 신문보도로 이어져
뱀의 혀 같은 가짜 뉴스가 관동을 핥았다
우물에 독을 풀고 방화 약탈을 자행하고
조선인들이 일본인들을 습격하고 있다는 헛소문이
쓰나미처럼 관동을 휩쓸고 뒤덮었다
일본인 자경단은 사냥개가 되었다
지구에서 가장 잔혹한 마녀사냥이 시작되었다

명분으로 내세운 죄목은 조센징이었다
군경은 자경대를 독사처럼 지원했다
악마들의 광란의 축제가 시작되었다
재향군인, 관헌까지 조선인을 사냥했다
살인면허를 받은 듯 묻지 마 살육이었다
요씨 이참에 조센징을 몰살하자
소문의 뿌리는 야차 같은 권력이었다
신문은 선동의 나팔수가 되었다
충동질당한 민중은 늑대가 되었다
가짜 뉴스에 침몰당해 살육자가 되었다
일본인들 심장에서 악마가 솟구쳤다
지옥이 파견한 야만의 선발대
심장에 꽂힌 칼이 칼부림을 시작하면
흡혈귀처럼 희생양의 목을 물고 피를 빨았다
짐승의 피가 온몸에 흐르는 원시 인류
바늘구멍에 실 꿰듯이 조선인을 찾아내어
개처럼 끌어다가 내키는 대로 죽였다
분노의 질주에 잡히는 대로 살인 도구
쇠꼬챙이에 죽창에 총검에 몽둥이에

쇠스랑에 일본도에 작두에 쇠톱에
쇠꼬챙이로 찌르고 나무에 매달고
작두로 목을 자르고 톱으로 썰어 죽였다
몽둥이로 때려죽이고 죽창으로 베었다
머리와 사지가 절단된 조선인
총으로 죽여 달라 간절히 애원하는
조선 청년을 창으로 마구잡이 찌르고,
발가벗겨 온몸 묶어 불구덩이에 처넣었다
총을 맞고 파놓은 구덩이에 떨어지는
조선 청년을 동네에서 우연찮게 목격한
패랭이꽃 일본 소녀 야끼다니 다에꼬는
한평생 청년의 이야기를 해야 했다
말해줘 말해줘 말해줘라고 그 청년이
내 눈을 빤히 쳐다보면서 말한다
나는 내가 본 대로 말할 수밖에 없었다
임신한 조선 여인의 배를 칼로 갈랐다
배 속의 아기가 울자 아기도 찔러 죽였다
주검이 아무렇게나 널브러진 사진에는
여인들의 하체가 수치처럼 벗겨져 있다

찢어진 꽃잎이 풍선처럼 부풀어 있다
강간을 하고 쇠꼬챙이로 꽃잎을 찔렀다
죽은 뒤에 생긴 상처는 부어오르지 않는다
살아 있는 꽃잎을 쇠꼬챙이로 찌른 것이다
조선인들이 우물에 독을 탔다는 암호라고
자경대가 가리킨 담벼락의 글씨는
내가 장난으로 휘갈겨 쓴 글씨였다고
일본의 한 영화감독이 피 토하는 증언을 했다
도쿄를 관통하는 스미다강과 아라카와강
조선인들 사체와 핏물로 넘쳐났다
피의 잔치로 함부로 짓밟힌 조선 사람들
거적데기로 덮인 채 암매장되고 불태워졌다
사람 목숨 모래알처럼 대강대강 어림잡아
임시 정부는 육천육백 남짓이요 독일은 이만 명
증명되지도 않은 숫자에 무슨 의미 있으랴
그 열 배 그 백 배였을지 아무도 모르는 일
단 한 사람이라도 단지 조선인이어서 살해당했다면
그것만으로도 만천하에 천인공노할 중범죄
일본은 지금까지 아무것도 책임지지 않았다

희생자들에게 아무런 사과도 안 했다
사실을 은폐하고 꼬리 자르기에만 전력투구했다
역사의 상처에서 들리는 신음소리
들려도 귀를 막고 양심을 덮었다
죄지은 자 아무도 없고 아무도 사과하지 않고
아무도 사과를 요구하지 않은 대학살
땅속에 묻히고 강물로 흘러가버렸다
여전히 태양은 하늘 높이 솟아오르고
아무 일도 없었다는 듯 세상은 눈부셨다
망각은 진실을 까맣게 덮어버렸다
나라를 빼앗기고 수탈당한 식민지 백성들
허기진 배를 끌어안고 고향을 뒤로 하고
노동판에 품 팔아서라도 목구멍에 풀칠해 보겠다고
피눈물을 삼키며 일본땅을 밟았다
죄도 없이 비명횡사한 식민지 백성들
나라를 찾았는데 억울함은 잊혀지고
매화꽃도 떨어지면 매화가 열리는데
어느 무참한 동네는 9월 아무 날이 떼제사라는데
조센징은 죽여도 된다고 경찰이 말했다는데

군인들은 자경단에게 조선인을 죽이라고 할당했다는데
국가범죄 민족범죄를 저지른 못된 나라는
겨우 네 명 법정에 형식으로 세워서
다음 해 특별사면으로 금방 풀어주고
국민이 남의 나라에서 절통하게 죽어도
눈물로 곡으로 애통하는 나라도 없고
사과를 요구하는 외교관도 없는 나라
억울함을 풀어줄 특별법도 없는 나라
잊혀진 백성에 잊혀진 상처
백성이어도 백성이 되지 못한 백성아
통꽃 채 떨어져 열매도 못 맺고
피고름 흐르는 상처로 앓아누워
그 아픔 그 통한 그 눈물 그 상처
아무도 못 보고 아무도 못 들어도
이름 없는 풀꽃처럼 내 가슴에 피어다오
날마다 두 손으로 앙가슴에 끌어안고
헤아리고 끄덕이고 얼러주고 보살피리
잊혀도 차마 잊히랴 눈 부릅뜬 상처야.

삶의 위로, 서정의 충만

김병호 시인·협성대학교 문예창작학과 교수

요즘 같은 시절에 시를 쓰는 일은 더욱 고난한 일이 되었다. 코로나 상황으로 얼핏 세상은 정체되어 있는 듯 보이지만 시시각각의 불연속적 사고와 연속적 사고의 차이를 통해 부지불식의 커다란 변화들을 만들어 내고 있기 때문이다. 지금 당장 눈앞에 펼쳐지는 단편적 변화는 일상의 작은 부분에 불과해 보이지만, 어느 순간이 지나면 우리 삶의 지반에 근본적 변화를 가져다줄 만큼 크게 작동한다. 변화는 그것을 감지하기 훨씬 전부터 서서히 진행되기 마련이다. 이러한 변화의 한복판에서 스스로에게 진실되게 살아가기란 여간 쉽지 않은 일이다. 순간순간 자신의 언행이 도리에 어긋나지 않도록 점검해야 하고 그런 후에도 자기 반성의 시간을 가져야 하기 때문이다. 특히 참된 시를 쓰겠다고 다짐한 시인에게, 이러한 노고는 더욱 가중된다. 이들은 자신의 의식을 더욱 예민하게 지각하기 때문에, 시 한 줄 쓰는 데에도 온몸의 기력이 빠져나갈 정도로 전력을 투구한다. 더불어 시란 무엇이며 시인이란 어떤 존재인가에 대한 질문을 끊임없이 스스로에게 던지며 시를 쓰기 때문에, 시인에게는 시 쓰는 일 자체가 고통일지도 모른다.

전숙 시인은 기꺼이 이런 고통에 맞서며, 고유한 자의식을 통해 자신만의 독특한 미학 세계를 창조해 낸다. 세상을 지극히 평범하게 바라보고, 수동적이며 주관적 관점에서 그 의미를 해석해 버리는 자세에서 벗어나 그것의 속사정을 깨치려 하고, 의미의 생성을 지켜보려 노력한다. 그리고 시인은 그것을 우리의 실존의 문제와 관련지어 사고한다. 이번 시집 『저녁, 그 따뜻한 혀』에서도 스쳐 지나가는 평범한 자연 현상과 삶의 풍경 속에서 전숙 시인은 깊이 있게 그 의미를 성찰하며 그것을 통해 자기 삶의 태도를 반성한다. 그리고 그는 자기반성에만 머무르지 않고 사회적 역사적 상상력까지 작동시켜 자신만의 고유하고 개성적인 시 세계를 견고하게 확장시킨다.

전숙 시인의 작품들을 눈여겨 읽어 온 이들은 이미 알고 있겠지만, 그의 시는 일종의 구도적 진정성을 갖는다. 다만 어떤 절대적 경지를 탐구해 가려는 모습보다는 스스로 각성하며, 일상의 삶 속에서 자신이 걸어온 모습을 돌아보고 삶과 인간의 본질에 다가가려 한다. 그의 시에 등장하는 자아는 삶의 신산함에 힘겨워 하는 연약한 모습으로 나타나기도 하고, 슬픔과 고통을 딛고 삶의 진실을 찾아 나아가는 탐색자의 자세를 보여준다. 시인의 분신과 같은 시적 자아들은, 고통 속에서도 삶의 정도를 놓치지 않으려는 견인적 자아의 모습을 지닌다. 이런 그들의 시선을 따라가다 보면 자연스레 시인의 마음 움직임에 공명하게 되고, 어떤 정신적 위안마저 느끼게 된다. 아래의 작품이 그 대표적 경우라 할 수 있다.

폭풍우 지나간 폐허에 서서
누군가 말한다
생은 바람을 겪어내는 일이라고

저녁이 살금살금 기어오고 있다. 마중 나온 굴뚝 연기는 뒷짐 지고 서성이고 노을은 늘어지게 하품하는 하루를 핥는다. 뉘엿뉘엿 저물어가는 일상이 굽은 허리를 펴는 언저리에 저녁의 혀가 태어난다.

저녁을 안아주고 싶다고 생각한 적 있다
바람에 시달린 저녁이 집으로 돌아가는 길목
꽃 지는 목련나무는 모락모락 밥 냄새를 피우고
어느새 뭉클한 만복이 온몸에 퍼진다

저녁을 품기 위해 어둠은 넓어진다

어둠 침대에 하루치의 바람을 내려놓는 길고양이

관절 펴는 소리
낮아지는 숨소리
하루를 소화시키는 되새김질 소리
바람을 재우는 저녁의 소리는 혀처럼 부드럽다
하루를 쓸어주고 핥아준다

저녁의 형용사는 혀라고 달의 분화구에 새겨본다
달빛이 쑥 내민 혀로
폭풍에 휩쓸린 길고양이를 핥고 있다.

—「저녁, 그 따뜻한 혀」 전문

전숙 시인은 일종의 서정의 재발견을 시도한다. 일부에서는 이러한 시도를, 치열한 시정신이 부재하는 퇴행 현상으로 매도하기도 하지만 전숙 시인의 작품들은 우리 시가 갖추어야 할 본연의 서정성을 회복한 긍정적 신호를 충분히 갖추고 있다. 그의 감각은 세상과 자연을 향해 열려 있다. 세상과의 교감을 통해, 한 번도 중심에 서 보지 못한 상처 입은 존재를 보듬는다. 삶의 변방에 있는 타자로서의 '저녁'을 온전하게 긍정한다. '저녁'이 은유하는 소외된 삶을, 파괴가 아닌 치유라는 삶의 방식으로 보여준다. 시인은, 노을이 하루를 핥고 그 언저리에서 저녁의 혀가 태어난다고 말한다. 그리고 저녁의 소리가 다시 "하루를 쓸어주고 핥아준다" 언뜻 김종삼의 「묵화」가 떠오르기도 하는데, "폭풍우 지나간 폐허"의 상처 속에서 시인은 오히려 아름답고 건강한 세계의 생명감을 본다. '꽃 지는 목련나무'나 '길고양이'가 그렇다. 그는 일상의 폐허에서 '핥는' 상징적 행위를 통해 자신의 존재를 긍정하고 온전한 세계의 회복을 꿈꾼다. 이때의 저녁은 훼손되지 않은 시원始元의 모습을 닮아 있다.

황량한 삶에서 시원이 지닌 안위와 생명력을 꿈꾸는 시인은 "저녁을 안아주고 싶다"는 생각에 이른다. 핥는다는 것은 상처에 대한 치유의 원초적 본능이다. 이 시는 상처입고 소멸하는 것에 대한 안타까움과 연민의 시선이 가득하다. 인간 중심의 독선적 사고에서 벗어나 소유와 지배의 관계를 해체하고 서로가 서로를 위해 존재하는 새로운 관계를 생성해 낸다. "관절을 펴는 소리/낮아지는 숨소리"가 바로 저녁의 소리이고, 달빛이 길고양이를 핥아주듯, "바람에 시달린 저녁"을 보듬어준다. 그리고 "생은 바람을 견뎌내는 일이라"는 시적 진술은, 삶에 대한 겸손함을 회복함으로써 잃어버린 소중한 가치를 되찾고 결핍을 보충하기 바라는 시인의 깨달음과 닿아 있다. 시인은 이렇게 '저녁' 그리고 '고양이'와의 깊이 있는 교감을 통해 파손된 현실 속에서 삶의 본질을 깨닫는다. 훼손되지 않는 세계, 훼손되었어도 치유를 통해 회복되는 세계를 향한 그리움이,

'고양이'라는 구체적 대상으로 감각화되어 있다.

시 속에서 저녁과 고양이의 모습은 매우 구체적이고 감각적이어서 눈에 보이는 듯하다. 폭풍우가 지나가는 한낮의 삶은 현실적 욕망이나 세속적 가치에 시달리는 시간. 그것들이 다 지나간 폐허의 시간이 되어서야 시인은 달빛과 같은 느리고 한결같은 기다림의 자세를 취한다. 그것은 타자의 삶뿐만 아니라 자신의 삶까지 긍정하는 자세이며, 전숙 시인의 시가 지닌 원천적 생성의 힘이기도 하다. 상처 입고 고단한 것들에 대한 그리움과 치유의 시선은 모락모락 피어나는 밥 냄새처럼 세상을 부드럽게 핥아준다. 일반적으로 훼손된 현실 세계를 상기시켜 슬픔과 안타까움, 그리움의 정서로 지배하려는 시적 시도는 현실과의 비판적 거리를 환기하는 데 대부분 실패한다. 그러나 전숙 시인은 그리움과 치유라는 전통적 정서를 바탕으로 그리움이 주는 서정성을 여전히 신뢰하는 모습을 견지하고 있기 때문에 내일을 준비하는 삶에 대한 따뜻한 위안이 되어준다.

> 내 몸에 슬픔이라는 공룡 한 마리 산다
> 슬픔의 크기와 무게로 나를 짓누른다
> 그것은 티라노사우루스처럼 거대하게 부풀어 오르고
> 이빨은 육식의 식성에 맞춰 비수처럼 날카롭다
> 슬픔은 야행성이다

야행성의 눈빛은 칠흑일수록 찬란하다
어둠이 깔리면 여의주처럼 빛나는 공룡의 눈동자
골방에 웅크린 심장을
물어뜯고 할퀴고 살을 발라내
짐승의 본능으로 내 영혼을 해체한다
공룡에게 내 심장은 욕망을 배 불리는 사냥감일 뿐이다

생은 끊임없이 달려드는
슬픔이라는 육식 공룡에 맞서는 일
포식자의 탐식에 밤새 시달린 아침
캄캄한 목구멍에서 해가 떠올랐다
애기메꽃이 꽃잎을 열고
슬픔의 암전 속으로 햇살이 스며들었다
부풀어 올랐던 슬픔이 풍선처럼 쪼그라들고
몸의 혀가 말라붙은 공룡을 밀어냈다
복원된 심장이 햇살 속으로 걸어 들어갔다.

—「슬픔이라는 육식 공룡」 전문

이 작품은 앞의 위로에서 한 걸음 더 나아가, 슬픔을 넘어서고자 하는 간절함을 주제로 삼고 있다. 슬픔은 인간에게 하나의 숙명과도 같다. 사람들은 모두 제 몫의 슬픔을 감당하며 살아가야 하기 때문이다. 시인은 "생은 끊임없이 달려드는/슬픔이라는 육식 공룡에 맞서는 일"이라고 규정한다. 삶에 대한 이러한 비극적 인식은 이 작품에서 정서와 형식의 긴밀한 짜임새를 통해 발현된다. 찬란한 칠흑의 어둠 속에서, 슬픔은 육식공룡처럼 시인의 영혼을 집어삼킨다. 그리고 시인은 밤새 포식자의 탐식에 시달리며 삶의 의미와 보람마저 잃는다. 물어뜯기고 할퀴고 살이 발라져도 기어이 슬픔에 맞서는 일에는, 마지막 순간까지 자신을 잃지 않으려는 시인만의 구도자적 간절함과 형언할 수 없는 비탄의 정서가 함께 담겨 있다. 그리하여 마침내는 "슬픔의 암전 속으로" 아침 햇살이 밝아오고 슬픔의 짐승에게 내주었던 심장을 되찾게 된다. 이런 풍경은, 아래로 굴러 떨어지는 커다란 바위를 계속 밀어 산 정상으로 올려야 하는 신화 속 시시포스의 형벌처럼, 슬픔에서 벗어날 수 없는 어떤 숙명을 연상시킨다. 그러나 시인은 이에 굴복하거나 포기하지 않는다. 자신의 온몸을 내던져 슬픔과 맞선다. 자신의 심장이 슬픔이란 짐승의 욕망의 사냥감이라는 비애라는 걸 알면서도 절대 순순히 내어주지 않는다.

이 시는 다소 상징적 제재를 통해 인간의 보편적 감정과 삶의 보편적 현상을 드러내면서도 읽는 사람들에게, 그와 유사한 고통을 겪고 있는 사람들에게, 위안을 준다. 여기에서도 '혀'가 작용한다. 「저녁, 그 따뜻한 혀」에서 "쓸어주고 핥아"주며 위로해주던 '혀'가 동질의 정서로 복무한다. 고통에 허덕이다 다시 새로운 아침을 맞는 순환의 인간사는, 어느 면에서 삶의 무의미함에 가까운 풍경을 갖는다.

그러나 "끊임없이 달려드는 슬픔"에 맞서지 않는다면 인간의 존재근거조차 무너지게 된다. 한낮의 황홀과 평화는 오래 지속되지 못한다. 지상의 모든 아름다움이란 언젠가는 소멸해 버린다. 자연의 순결성도 현실 세계의 혼탁함 속에서 제대로 드러내지 않으면 사라지고 마는 것이기에, 시인의 인식은 비극적 모습을 띨 수밖에 없다. 그럼에도 불구하고 삶의 의지를 저버리지 않고, 자기 내면의 순결성에 대한 지향을 포기하지 않는 전숙 시인의 시적 의지는, 그의 심혼을 긴장시키고 그의 시를 추동해 가는 동력이 무엇인지를 우리에게 명징하게 보여준다.

요양병원 침대에 누워서도 신발을 벗지 못하는 치매 엄마

허리끈 질끈 동여매고 바람처럼 오가던 길이 이십이 문 치수처럼 새겨져 있는… 그 신발 잃으면 집으로 가는 길도 잊을 것만 같아서… 신을 벗기면 불같이 화를 내며 신발을 신神처럼 끌어안는다.

언능 집에 가서 새끼들 밥해 먹여야지
먼지 수북한 시간에 멈춰선 괘종시계
이빨 빠진 기억의 틈새로 스러지는 저녁 햇귀
치매의 어둠이 밀려온다

어둠 속에서도 이글거리는 어미라는 햇귀
자식들에게는 언제나 대낮이었던 저 햇귀

침 묻힌 몽당연필 같은 어둠과 샅바를 잡는다. 찰나… 풀린 근육들, 대낮처럼 팽팽해진다. 마른 가슴에 침이 고이고 주섬주섬 봇짐을 챙긴다. 봇짐에는 옆 침대 환자 딸이 나눠준 사탕 세 개와 두유 1팩이 혼수로 받은 은 쌍가락지처럼 묶여 있다.

노랗게 입 벌린 참새 새끼들
짹짹거리는 소리
귀먹은 귀에 환하다.

—「신발이 신神이다」 전문

이 시집의 또 다른 축은 어머니에 대한 추억과 연민이다. 「눈물탑은 무너지지 않는다」, 「싸리꽃엄마」, 「식지 않는 밥」, 「꼭지의 시간」 등 어머니를 제재로 한 다수의 시편이 배치되어 있다. 아버지를 다룬 작품도 있으나 시인에게 어머니는 척박한 땅에서 생의 심연과 존재의 본질을 찾아내려는 의지가 추동되는 존재이다. 그래서 시적 표현의 대상인 '어머니'는 여느 시와 달리 더욱 구체적이고 표현의 방법도 충분히 구성적이다. 많은 사연이 행간에 생략되어 있는 이 시에는, 어머니의 가슴 저린 삶에 응어리진 한과 어머니를 바라보는 자식의 애잔한 마음이 중첩되어 나타난다. 신발을 신神으로 전환시키는 시적 진술은, 이 작품의 가장 큰 매력이면서 애잔함을 더욱 강화시킨다.

치매에 걸린 엄마는 요양병원 침대에 누워 있으면서도 차마 신발은 벗지 못한다. "그 신발 잃으면 집으로 가는 길도 잊을 것만 같"은 공포 때문이다. "노랗게 입 벌린 참새 새끼들"처럼 자신을 기다리는 자식들이 집에 있기 때문이다. 늙고 병들어 생의 끝 쪽으로 내몰린 어머니, "먼지 수북한 시간" 속에 갇혀 기억마저 잃은 어머니는, 한때 "어둠 속에서도 이글거리는" 아침의 첫 햇살이었고, "자식들에게는 언제나 대낮"이었다. 노쇠하고 치매를 앓고 있는 어머니의 모습은 이제 연민과 비애의 심정을 자아낼 뿐이다. 시인은 신발을 신은 채 병상에 누워 있는 어머니를 통해 슬픔의 내면성을 주조해 냈다. "신발을 신神처럼 끌어안는" 어머니의 모습 속에서 슬픔을 위무하며, "귀먹은 귀에도 환하"게 들리는 새 울음처럼 능동적인 삶의 힘과 사랑의 역사를 구현한다. 이 시를 통해 전숙 시인은, 시인이야말로 자기 정직성을 바탕으로 세계를 공명케 하는 자임을 입증한다. 삶에 대한 따뜻한 사랑과 윤리적 내면을 일관되게 유지하며 나름의 시적 성취까지 거둔다. 이렇게 그의 시선은 항상 시대의 보편적 내면성을 간직하며, 슬픔의 탐색을 위해 가난과 소외의 현실 근저에 머무른다. 시인은 그 속에서 슬픔 속에 담겨 있는 사랑의 위력을 발견해 내는 데 능하다. '어머니'가 바로 그런 상징적 존재이기도 하다. 삶의 슬픔과 소외를 다루면서도 서정의 충만함을 잃지 않는 까닭은 그 속에서 사랑을 발견해 내려는 시인의 열망이 깃들어 있기 때문이 아닐까 싶다.

나는 진흙이었어요
어느 순간 하느님의 숨결이 닿아
그만 사람이 되고 말았어요
사람이 되었어도
나는 전생의 형질이 남아 있나 봐요
가끔 몸에 쩍쩍 실금이 그어져요
진흙은 사랑을 흠뻑 받지 못하면
눈물을 너무 많이 흘려서 몸에 가뭄이 든다네요
철분이 부족하면 빈혈이 되는 것처럼 그런가 봐요
엄마아빠는 지금 수소폭탄 전쟁 중이에요
아빠가 분리수거를 잘못했다고
엄마가 쓰레기통을 집어던졌어요
나를 봐 달라고 나는 지금 열울음 중이에요
나 지금 갈라지고 있어요
뇌가 분열되어 나를 분해해요
누군가의 시처럼 내 안에 너무 많은 내가 있어
나는 나를 잃어버려요
정신이 분열되었다고

의사 선생님이 땅땅 선고를 하네요
엄마의 눈동자는 보름달만큼이나 둥그레지고
아빠는 일 년 전에 엄마 등살에 끊은 담배가
머릿속에서 푹푹 연기를 뿜어대네요
나는 단지 사랑에 목말랐을 뿐인데
발가락이 떨어져 나가고
눈알은 추락한 새처럼 날개를 파닥거려요
생의 계단에서 굴러 떨어지는
바짝 마른 파편들
그러게 말이에요
나는 진흙이었다고 고백했잖아요.

—「분열하는 존재」 전문

전숙 시인은 역사적·사회적 약자에 대한 집요한 연민의 시선을 가지고 있다. 그 연민은 소외에 대한 인식에서 비롯된다고 할 수 있다. 21세기를 살아내는 현대인에게 소외는 동서양을 뛰어넘어 공통적으로 경험하는 병폐이다. 지금보다, 남보다 더 잘 살기 위해, 좀 더 행복하기 위해, 죽음으로 질주하는 이 초유의 속도전의 시대에서 소외만큼 모두가 공유하는 문제도 없을 것이다. 그러나 방치와 방임 속에서, 마치 어쩔 수 없는 필요악으로 규정하면서 소외는 우리 시대의 한편을 차지하고 있는 듯하다. 그리고 코로나 팬데믹이라는 전 세계적 재앙 앞에서 시인은 인간과 대상간의 특정한 관계 방식에서 기인한 소외에 더욱 깊은 관심을 보인다. 3부에 배치된 대부분의 작품들은 노골적으로 소외의 양상을 드러낸다. 어린 시절 외국으로 입양되었다가 뒤늦게 고국을 찾았으나 결국 고시원에서 외로운 죽음을 맞게 되는 이를 연어에 비유한 시 「연어」부터, 빌딩 유리창 청소를 하다 추락사한 탈북민 의사의 삶의 그린 「추락하는 것은 날개가 있다」, 사회 현장의 다양한 폭력양상과 무관심, 양비론의 함정으로 진실을 가두려는 폭행의 현장을 고발하는 「"Me Too"」, 「달이 울고 있었다」 등은 소외로 빚어진 우리 시대의 자화상이라고 할 수 있다. 특히 이 중 가정폭력의 희생양인 어린아이를 화자로 등장시킨 「분열하는 존재」는, 감정을 억제하고 시적 형상화에 공을 들인 수작이라 여겨진다.

그저 진흙이었던 화자는 하느님이라는 절대자의 숨결로 귀한 존재가 되어 이 세상에 태어났지만, 부모의 갈등과 불화로 내적 상처를 입게 된다. 시인은 이러한 화자의 상황을 "눈물을 너무 많이 흘려서 몸에 가뭄이" 들었다거나 "생의 계단에서 굴러 떨어"지는 마른 진흙에 비유하고 있다. 선악의 논리로 문제를 단순화하는 것이 아니라 오히려 윤리적 가치와 거리를 유지하려는 그의 시적 자세가 돋보이는 대목이다. 시인은 당위적 가치로서 선善을 제시하는 진부한 입장에서 벗어나 폭력의 양태를 비유적으로 표현하면서 화자인 아이의 목소리에 집중한다. 특히 마지막

두 행의 진술은 이 작품의 압권이다. "그러게 말이에요/나는 진흙이었다고 고백했잖아요." 일반적으로 '나는 누구인가'라는 물음은 타자에 대해 주체로서 던지는 질문이고, 그 질문에 대답하는 행위는 시적 주체로서의 선언인데, 화자는 이러한 질문에 선행해 스스로 맞선다. 전통적 시들이 가려지거나 아직 드러나지 않은 하나의 '나'를 찾아가는 방식으로 존재적 답을 마련하는 데 비해, 이 작품은 하나의 초점 대상으로서 '나'를 추구하지 않는다. 오히려 스스로의 존재를 밝히는 방식으로 우리에게 근원적 질문을 던진다. 지금, 여기를 돌아보게 하는 반성적 시각을 유지하면서 인간 사회의 보편적 규범을 상기시키려 한다. 시인은 이렇게 은폐되거나 배제된 폭력에 대해 당당히 맞선다. 사랑에 목말라, 분열되어 버린 진흙 인간은 결국 파멸 앞에 놓이게 되지만 이는 결코 화자만의 단독적 문제가 아니다. 모든 인간 존재의 시작이 진흙 인간과 같기 때문이다.

시인의 이러한 인식은 4부의 시편에서 더 강력한 맥락을 유지한다. 관동대학살을 다룬 「상처의 기억」과 제주 4·3항쟁을 다룬 '4·3 동백' 연작시, 광주민주화운동을 제재로 한 '꽃과 꽃 사이의 오월' 연작시까지의 통시적 작품들이 그렇다. 시인은 외세의 침략과 수탈뿐만이 아니라 동족에 의해 자행된 폭력 앞에 무방비로 희생될 수밖에 없었던 현대사의 비극을 외면하지 않는다. 오랜 세월 짓밟힌 역사의 현장이자 민중 수탈의 현장이며 아직도 그 상처를 보듬고 살아가는 사람들의 이야기를 시로 형상화해 내고 있다. 시인에게는 역사의 현장이 바로 자기 삶의 터전이기 때문이다. 수난의 역사 속에서 지금의 역사를 살피며 스스로의 정체성을 확인하려는 그의 뜨거운 고백은 역사의 현장과 생활의 터전이 만나는 자리에서 비롯된다. 그리고 스스로 삶을 가다듬으려는 시인의 자세를 우리도 간과해서는 안 될 것이다.

언제부터인가 꿈을 말하면
욕심을 내려놓으라고 위로를 받네
나이를 먹는 것은
꿈을 팔아 욕심을 사는 것
눈물의 빛깔은 여전히 푸른데
꽃을 보고 심장이 뛰면
부정맥이 아닐까 걱정을 하네
쓸쓸한 바람은 창문을 흔들고
무릎이 시큰한 달은
고갯마루에 걸려 숨을 헐떡이네
손을 내밀어도 아무도 다가오지 않을 때
꿈을 팔아 욕심을 샀네
등 떠밀려 꿈을 팔아먹은 욕심쟁이가 되었네
변명도 없이 속옷은 흘러내리고
잔주름 출렁이는 눈가에

주름주름 욕심만 떠돌아
꿈은 그렇게
좌판에 놓인 한물간 갈치처럼
썩어버린 내장을 소금 한 바가지에 감추고
본전도 안 되는 헐값에 팔려갔네.

—「꿈을 팔아 욕심을 샀네」 전문

우리는 우리의 삶을 스스로 잘 알고 있다고 여기지만 실은 그것이 착각인 경우가 많다. 어쩌면 인생의 앞날을 예측하지 못한 상태에서 하루하루를 살고 있으니 착각은 당연한 것인지도 모른다. 삶은 행복과 불행 사이를 동요하고 기쁨과 아픔 사이를 왕래하는 불확정의 양태를 보여준다. 이것이 삶의 진실일 것이다. 그런데 전숙 시인은 망설이고 동요하는 우리 자신의 실상을 솔직하게 펼쳐 내어 공감에까지 이르게 한다.

이 작품에서 '꿈'과 '욕심'에 대한 화자의 이중적 태도는 보편적 인간 존재의 이원성과 연결되는데, 그것은 단순한 관념적 진술이 아니라 이미지의 이항 대립적 구도를 통해 형상화된다. 화자는 여전히 꽃을 보면 심장이 뛰는 청춘인데, 눈가엔 잔주름이 가득하고 혹시나 하며 부정맥을 걱정하는 신세다. "손을 내밀어도 아무도 다가오지 않을 때" 화자는 비로소 "꿈을 팔아 욕심을 샀"다고 고백한다. "꿈을 팔아먹은 욕심쟁이가 되었"다고. "눈물의 빛깔은 여전히 푸른데" 화자는 "좌판에 놓인 한물간 갈치"처럼 "본전도 안 되는 헐값에" 자신의 꿈을 팔았다는 탄식을 짙게 내뱉는다. 이러한 부정적 좌절의 상황에서 화자는 한계의식을 체감하지만, 이는 시의 전반부에 전제된 "꿈을 말하면/욕심을 내려놓으라고 위로를 받네"라는 시행에서 이미 예정된 반응이다. 꿈과 욕심 사이에서 동요하는 화자의 태도는 일상생활을 영위하는 우리의 자화상과 같다. 꿈의 실재를 모르면서 꿈을 논하거나 생성의 가능성을 확인하지 않은 상태에서 막연히 미래를 욕망하는 것은 욕심이라고 한다.

전숙 시인에게 시의 자리는 어쩌면, 자기 성찰에서 비롯된 절망과 희망, 꿈과 욕심, 부정과 생성이 이중적으로 교차하는 지점일지도 모르겠다. 꿈과 욕심의 거래, 그리고 숙명적 후회. 그의 시는 이러한 모순과 성찰의 사이를 오가며 창조되고, 그러기에 어느 순간 삶의 진실의 축과 만날 수밖에 없다. 그가 그려 내는 시 세계는 현실에서 멀리 떨어진 이상적 세계가 아니라 우리가 늘상 보고 접촉하는 실재의 공간이다. 다만 우리가 미처 지각하지 못한 새로운 의미를 찾아내고 그것을 통해 우리의 마비된 의식을 각성시킨다. 꿈과 욕심처럼 생의 모든 국면이 지니고 있는 이런 양면성을 시인이 통찰할 수 있었던 것은, 그만큼 시인 자신의 철저한 자기 성찰이 있었기에 가능하다. 생을 제대로 이해하기 위해서는 화려한 외양 뒤에서 생의 고통을 볼 수 있어야 하고 그 참담한 고통 뒤에서 삶의 섭리를 찾아

낼 수 있어야 한다. 시인으로서의 존재론적 자의식을 견지하며 진지한 자세로 세상을 살아갈 때, 비로소 이러한 시야가 열리고 새로운 발견에 도달할 수 있는 것임을 시인은 진즉 깨달았던 것 같다.

다섯 번째 시집 『저녁, 그 따뜻한 혀』에서 전숙 시인은, 빛 좋은 '서정'을 핑계로 기성의 것을 복제하거나 답습하는 태도, 기성의 틀에 적당히 안주하려는 태도에서 벗어나 문학의 자유, 새로움의 정신을 보여주려 부단히 노력하고 있다. 그의 시에는 옛것의 어설픈 답습이 없다. 오히려 다양성을 용인하지 못하는 획일적이고 경직된 사고에 맞서며, 모든 것들을 상품화해 버리는 자본의 논리에 맞서 '지금, 여기'에 놓인 자신의 삶에 집중한다. 불투명한 미래를 위해 현재를 저당 잡힌 채 살아가고 있는 오늘날의 우리들에게 강요되는 수많은 현실 원칙들 사이에서, 시인은 틈새를 사유하고 번복을 기도하며 새로운 생성을 꿈꾸는 것이야말로 문학의 영원한 숙명임을 되새긴다. 그래서 이번 시집에서 시인은 연민과 치유의 전통 서정을 하나의 축으로 하면서도 자기 갱신에 대한 고민의 깊이를 놓치지 않는다. 시대가 비속할수록 더욱 단단해지고 엄격해지려는 구도자의 자세처럼 감히 시인의 노릇을 감당해내고 있는 것이다.

첫 시집 『나이든 호미』에서부터 이번 시집까지 전숙 시인의 시들은, 중심적이기보다는 주변적이고, 중앙집권적

통제력보다는 다양성을 용인하는 산발적 힘이 강하게 작용되고 있다. 그리고 끊임없는 자기 갱신을 시도하며, 인간 사이의 관계를 새롭게 회복함으로써 따뜻한 위로를 만들어 낸다. 위태롭고 불안하고 불편한 현실 속에서 우리에게 가로놓인 갈등과 불화하며 인간의 초라함을 깨닫는 것도 중요하겠지만, 오히려 시인은 그런 것들과의 유대를 꿈꾼다. 현실적 이해 관계의 차원에서 무력해 보이는 서정시가 그 고립의 무상을 통해 우리 시대의 삶과 인간의 본질적 존재에 대해 숙고하게 만들고, 궁극적으로 인간의 고귀한 가치를 드러내야 한다는 것을 작품으로 증명하고 있다. 세속의 비루함에 대한 자조와 연민의 양가적 감정이 만들어 내는 위로와 긴장이, 전숙 시인의 시를 견인하는 힘이라는 걸 깨달을 때, 그의 시를 찾아 읽는 독자는 그를 더욱 신뢰하게 되고 또 다른 기대를 키우게 된다. 이번 시집을 계기로 전숙 시인의 시가 궁극적으로 서정시의 활로를 개척하면서 우리 시에 새로운 생성의 동력을 마련해주기를 기대하는 마음도 바로 이런 신뢰에서 비롯된다.

저녁, 그 따뜻한 혀

초판1쇄 찍은 날 | 2021년 11월 15일
초판1쇄 펴낸 날 | 2021년 11월 25일

지은이 | 전숙
펴낸이 | 송광룡
펴낸곳 | 문학들
등록 | 2005년 8월 24일 제2005 1-2호
주소 | 61489 광주광역시 동구 천변우로 487(학동) 2층
전화 | 062-651-6968
팩스 | 062-651-9690
전자우편 | munhakdle@hanmail.net
블로그 | blog.naver.com/munhakdlesimmian

ISBN 979-11-91277-28-9 03810

• 이 책은 광주광역시 GWANGJU CITY · 광주문화재단 Gwangju Cultural Foundation의
2021년도 지역문화예술육성지원사업으로 지원받아 발간되었습니다.